1983 年 9 月 22 日〈殺夫〉第一天連載之《聯合報》剪影

品作獎説小篇中度年二十七報合聯

夫殺

鹿城故事

◆李昂

殺夫 李昂 著

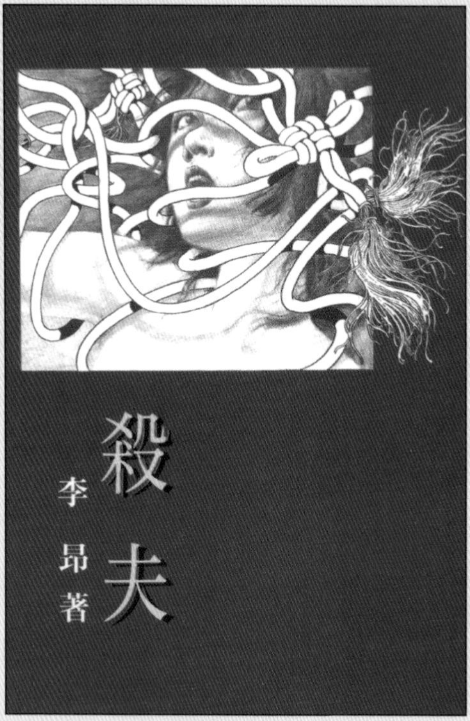

1983 年——殺夫二版封面

1983 年——殺夫初版封面

一部議論紛紛的電影 一部令你震撼的作品9月8日上映
聯合報首獎小說
李昂原著
吳念真編劇
曾壯祥導演
一個傳統下的女人
在身心的虐待中掙扎
當生存已經成為一種負擔
她茫然地走進了宿命的陷阱
夏文汐
殺夫
湯臣電影TOMSON FILM

1986 年──改編電影海報

1987 年 —— 德文版

1986 年 —— 英文版（美）

1990 年 —— 德文版

1990 年 —— 英文版（港）

1991 年 — 韓文版

1991 年 — 英文版（英）

1992 年 — 瑞典文版

1992 年 — 法文版

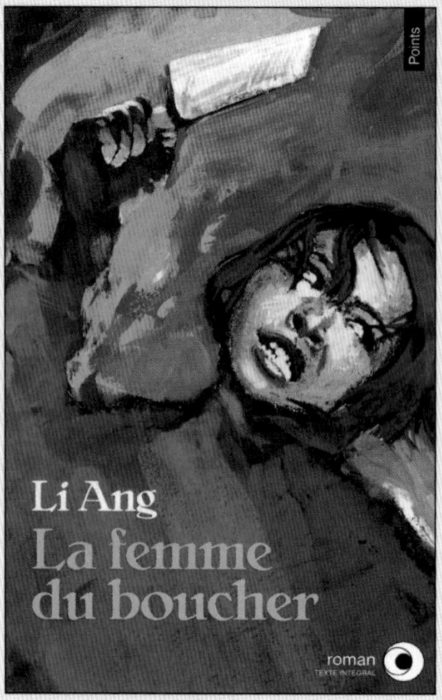

1994 年── 法文版

1993 年── 日文版

1995 年── 荷文版

1995 年── 英文版小說集（英）

2004 年── 法文更名版

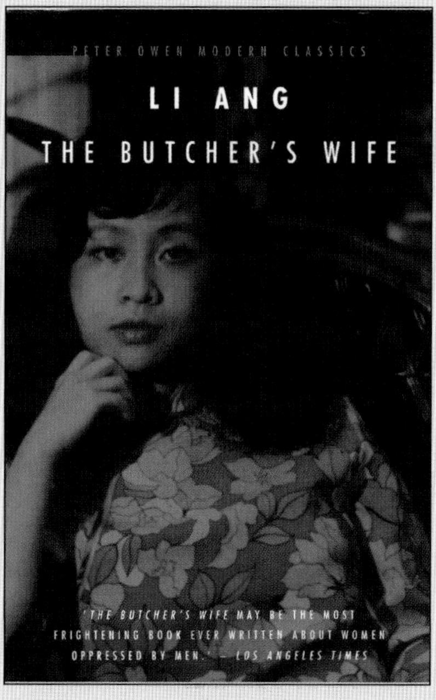

2002 年── 英文版（英）

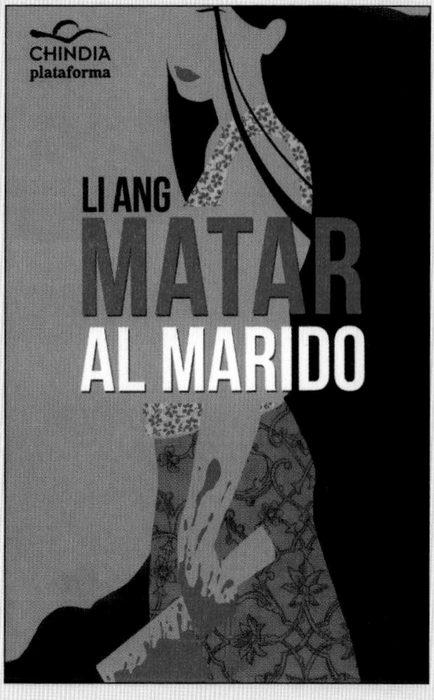

2012 年── 西文版

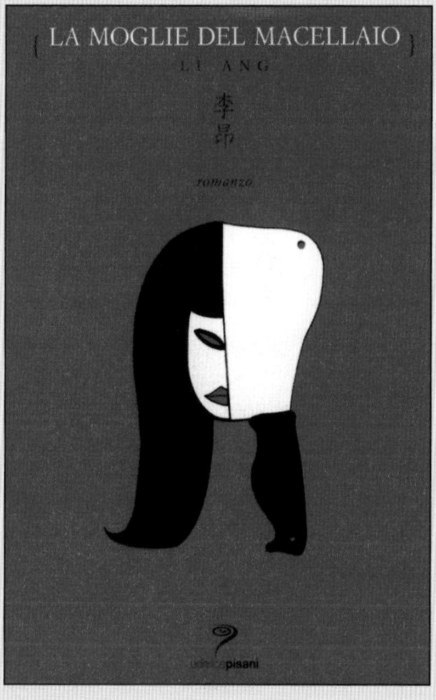

2007 年── 義文版

2021 年── 加泰隆尼亞文版（西）

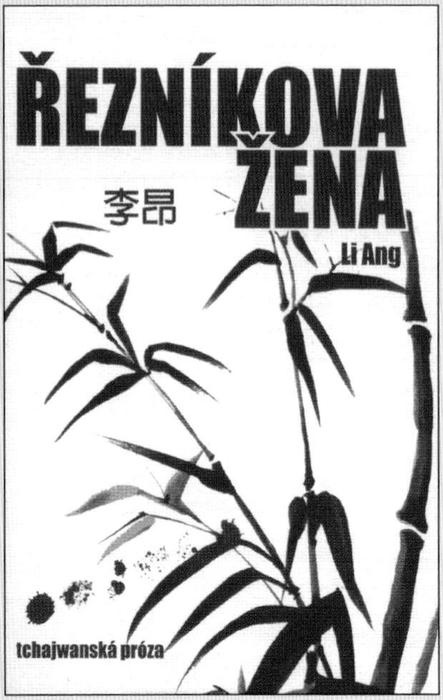

2013 年── 捷克文版

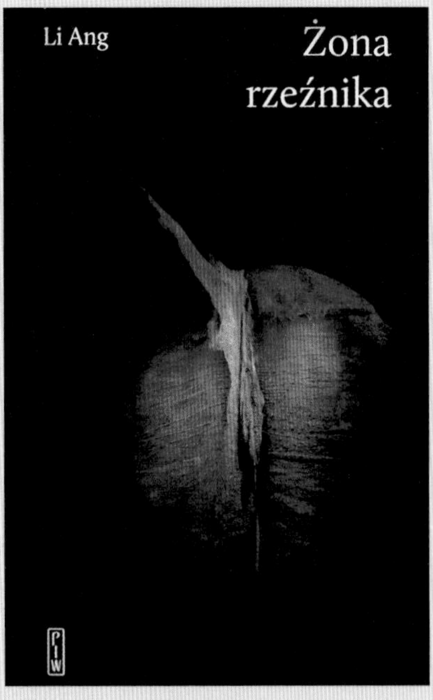

2022 年── 波蘭文版

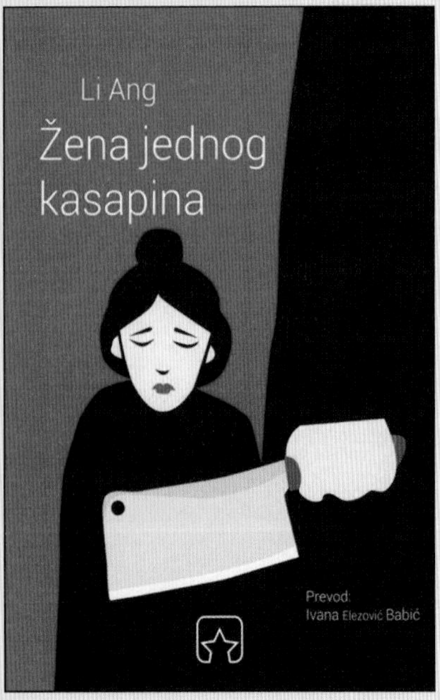

2022 ── 塞爾維亞文版

殺夫

鹿城故事

李昂

我個人的感受：
一如四十年後的「平反」。

——李昂，二〇二三年九月

至少看過這本書——再版序

這本書在這麼短的時間內再版，我毋寧十分高興，因為，至少有人看過這本書。

〈殺夫〉在連載中，就引起不少糾紛，我無從想像有人居然可以對一篇未曾刊載完的作品下判斷、評論、攻擊。不曾看完作品就先下判斷，請問是什麼文化政策下才會有的產物，這點十分值得我們熱愛自由、創作的人深思。

因此，我希望你，讀者們，在你要給予任何評論時，你至少先看過這本書，不要人云亦云的只是採納別人的意見。我們的社會已經有太多盲目的追求者，我希望：你不是當中的一個，而是有勇氣建立一種屬於自己意見的獨立個體，因而，我希望你至少先看過這本書。

如果你對這本書還未有足夠的興趣與信心，那麼，你不妨先讀讀國內外幾位優秀作家與批評家的看法：

白先勇：〈殺夫〉這篇小說非常複雜，寫人性的不可捉摸，人獸之間剃刀邊緣的情形，寫得相當大膽、相當的不留情。寫沒有開放的農業社會中，中國人的陰暗面，把故事架構在原始性的社會裡來研究人獸之間的一線之隔；這是篇突破的作品，打破了中國小說很多禁忌，不留情的把人性最深處挖掘出來。

司馬中原：我個人的道德感非常強，對殺夫這類的題材本來很有排斥性，但是這篇作品整體表現上實在很完整，很震撼我，是非常傑出的作品。我覺得作者是嚴肅而誠懇的面對人生，每一個場景都抓住不放，死命的朝裡面去寫，寫得細膩而深刻，即使是寫的「關了燈的文化」，作者卻有功力寫得一點都不輕浮，寫得很含蓄恰到好處，令人看了痛惜。

林懷民：我從沒有忘記寫小說的困難和痛苦，〈殺夫〉真是驚人之作，不管在題材上，還是表達方法上面，把早期低層社會一些老百姓的生活、黑暗角落的事物都掌握得非常好，的確是很嚇人的。

蔣勳：讀〈殺夫〉的時候覺得波濤洶湧，對作者構造的恐怖、陰慘的詭異世界充滿了好奇與官能的刺激，被感染的程度十分強烈，是一篇好小說。

鄭樹森：小說內容具有原始色彩經營的特色。小說中間處理女主角如何被逐步非人化、被迫走上崩潰的過程，就小說「怪誕性」的處理而言，是一個突破。在呈現方面，㈠作者在描述上：角色生活中不同經驗不時互為呼應和互相修飾；㈡氣氛的經營：暗示性意象的運用、外在景物描寫與人物塑造、情節推展，相互配合；㈢文字感染力方面，表現突出。

當然，這些意見只是讓你對這本書有一個基礎的了解，你的判斷，還是應該屬於你自己的！

讀者們，我還是要再強調：你至少看過這本書。

寫在書前

一九七〇年從鹿港到臺北來讀大學，對過往寫了三年的充滿心理分析與存在主義的小說形式與內容，感到無法再繼續下去，但尚找不到新的出路。有一年多的時間裡處在小說轉型中的不安裡，想揚棄舊有的、卻未曾找到新的。

於是很自然的回顧起生養自己多年的家鄉——鹿港，也開始著手收集資料，真正動筆已是大二，陸續有「鹿城故事」發表是一九七三年。

那時候尚未曾聽聞有關「鄉土文學」，我也只是按一個作家必然發展的路線，回來寫自己的家鄉，毫無標榜意思也不是跟隨潮流。從一九七二到七四年間，我寫了收在輯一的六篇小說（〈新舊〉除外）。這次選的與當年第一次出書略有刪減，為的是考慮到整個系列小說未來的發展——簡單的講，這個系列還會再繼續寫下去的。

有趣的是一九七六年我已在美國讀書，一系列「鹿城故事」得以在臺出書後，遭到批評，認為我在追求鄉土文學的流行、汙衊鄉土。

遠在異鄉異地，很容易對一切看淡，何況我並不曾跟上鄉土這列列車！對批評者只就出書日期來談論作品，而不是以作品寫成、發表日期來談論，多少感到好笑。

至於認為我寫的不夠「鄉土」，我卻認為，鹿港本身是一個市鎮、並非農村，三百年前它曾是臺灣第二大都市，衰微後，它一直以一個小鎮的形式存活。想要在「鹿城故事」裡找到狹隘的鄉土文學認可的對農村的反應，自然會失望。相信任何在臺灣的市鎮生活過的人，都能深切了解市鎮與農村有這樣巨大的不同，表現於文學中，自然有不同的風貌。

卻是在美國的四年間，匆匆過了整個鄉土文學論戰，一九七八年回來，鄉土文學也許已不是潮流，但散見在兩大報的文學獎徵文中，所謂火烈烈的鄉土情的得獎作品，引發不起我的感動。我總愛笑自己，是個趕不上「潮流」的人，當初寫「鹿城故事」，鄉土文學尚未成為潮流，等它成為一個盛大的文學潮流時，又因著身在國外，無從參與，而許多年後我重以鹿城為題材來創作，鄉土文學的潮流又已不再盛行。

但回國後我有離開四年的臺灣現狀要關懷，如此我參與一些實際的類似社會工作的行動，也以此當題材寫小說，生活在繁忙的現實中，鹿港似手遠遠的被拋在臺北之外了。

終於在參與一些實際工作後的三年，我發現，我對社會最大的「功用」，也許應該在寫小說，我也有熱切的渴望能摒除一切雜務專心寫作。其時適逢詹宏志與張武順找我在中國時報寫一個以女性為主題的專欄「女性的意見」，從寫這專欄中，我學習到更謙遜的來思索一個女性的種種，以及，因作為一個女性作家面臨的諸多問題。

就在這時候，從整理舊稿中，我找回一篇只寫了開頭的小說〈婦人殺夫〉。

〈婦人殺夫〉寫於一九七七年，那年我剛拿到戲劇碩士學位，自以為盡了一個該盡的責任，卻不想立即回臺，總以為除了讀書外，還有許多關於美國是該了解的。加上當時《聯合報》有了對年輕作家獎助的辦法，每個月給固定的生活補助金，解決一部分生活費，我於是想到南下加州，希望能在洛杉磯住一段時間。

結果在洛杉磯一住住了半年。先勇在聖塔芭芭拉，離洛杉磯只有兩個小時的車程，他一直是我十分敬愛的作家，他為人的厚道、細心與對世事圓熟的體諒，更使我十分仰慕，我和朋友們幾番到他家裡去大吃一頓，他也偶會來洛杉磯看我們。

那真是一段快樂的日子，我無需立即工作，暫時作了「專業作家」。南加州的天那般蔚藍，我們坐在先勇家院子的榆樹下，看風翻吹過一樹白亮亮的榆錢，一邊聽著唱片中白光漫不經心的唱她永恆不變的歌，感覺到時空巧妙的混合，霎時間都了無定位，古今中外的齊匯聚了起來。

也就在先勇家，我看到了一本與我的生活環境、背景可說完全無關，也不可能有機會涉及的書：《春申舊聞》。並立即吸引我注意的是書中一則標題為〈詹周氏殺夫〉的社會新聞。

這則發生在抗日戰爭時期的社會新聞，是一個轟動當年上海的殺夫慘案，然而當中最讓我感到興趣的是，它是一個少見的不為奸夫殺本夫的故事，殺夫的因而不是一個淫婦，只是一個傳統社會中被壓迫的不幸婦人。

我立即以〈婦人殺夫〉為題，著手想以此故事寫個小說，但寫到主角母親被姦的部分，即無法再寫下去。我對當年的上海一無所知，僅有的質料來源只是報章、雜誌，缺乏對上海風土人情的掌握，我發現自己難以持續這個故事。

隨著回臺灣，這僅寫了開頭的小說，在行李箱中一擱擱了四年，其中雖然曾翻出來看過，仍不知如何著筆。直到開始寫專欄，對婦女問題有進一步的思索，才替〈婦人殺夫〉找到了一個明確的、新的著眼點，想寫一個就算是「女性主義」的小說吧！

有了這樣的認定，我很快想到將小說的背景移來臺灣——這樣才能顯現出我企圖對臺灣社會中兩性問題所作的探討，更為了要傳達出傳統社會中婦女扮演的角色與地位，我決定讓故事發生在鹿港。

如此在間隔當年寫「鹿城故事」的近十年後，我又回復來寫以鹿港為背景的小說。在毫無事前心理準備下，這小就越發展越龐大，最後成了一個七萬字的中篇。當中的寫作過程並不艱難，只因為我寫作的速度十分緩慢，加上除了教書外，難免還有些外務纏身，前後寫了一年多，真正集中全力寫作，也有近八個月時間。

〈婦人殺夫〉是我寫的第一個中篇，也是我又回來寫「鹿城故事」的起步，因而不僅對系列鹿城故事，以及往後的整個創作，我認為都是一個重要的轉接點。而經由此，我更將繼續不斷的努力創作，我對自己有這樣的信心。

最後，我還是要說明一下，〈婦人殺夫〉雖經評審改為〈殺夫〉，我對原名十分喜愛，因而在此序仍沿用原名，也算作以資記憶吧！

目次

輯二

附錄

輯一

辭鄉

陳西蓮是李素姊姊的老師，還是她們的遠房親戚，至於該怎樣稱呼陳西蓮，李素並不十分清楚，僅知道她教過姊姊國小。會對陳西蓮特別著意起來，還是姊姊出國的那年夏天。

當姊姊於臨行前某一個黃昏要李素陪同去拜訪陳西蓮時，李素無疑是十分詫異的。她不明白何以在那許多老師中，姊姊只向陳西蓮辭行。然而李素惦記著幾天後姊姊即將遠行，希望一切都能順著姊姊不致拂逆她，也不曾追問什麼，匆忙跟著走了，倒是從陳西蓮家走出來後，姊姊提議繞小鎮走走，沿途談起了陳西蓮。

那時候在鹿城已臨初秋，沿著望洋路，黃昏的海風吹動街道兩旁高大的尤加利樹，間或帶來一陣樹葉特有的沁香。李素聽著姊姊幾次重複的說起，陳西蓮怎樣為她們班上講解小學國語課文中的一句——她和她的小姊姊坐在門前的石階上——不免詫異一向俐落的姊姊何以會叨唸這樣簡單相同的一句話，不知該說些什麼，只有在一旁微笑著。李素的姊姊亦因為如許強調尚不能使李素明白，靜默不語了。她們默默地並肩走了一會，也就岔入一條小路回家。

幾天後，姊姊行期已到，家人都至機場送行。姊姊走後，李素獨自留在都城開始大學新的學業，這是李素第一次長期離家。一有兩天相連的假期，李素便匆忙趕回家。

回得鹿城，已是黃昏，李素遠遠的朝著老家的大門走來，偶一抬頭，猛地發現於淡橙色昏微的深秋夕照下，門前兩級石階竟煥著極清寂的灰紅色，幾片落葉無聲地停落著。淚水湧上迷濛了李素的眼睛。

是應該可以這樣試想的，在一個落葉的秋天裡，也許是黃昏，「她」和她的小姊姊坐在門前的石階上，或看著太陽西沉入屋角，或攜手坐著互相安慰，在當中會有的那種童謠似的清寧。霎時李素明白了姊姊何以會在臨走前特地去看陳西蓮，會一再的告訴她那一句話，那是她整個的過去。

李素記得曾聽說雖然在這般偌大的家族裡，一向沉默的姊姊小時候卻常一個人坐在門前臺階上，不與伯叔的孩子們玩鬧，她必是熱切地渴望有一個如同書中的小姊姊，只是作為長女的她從來不曾有過，而該緣由於陳西蓮的引導，姊姊才在書中找到了另一種慰藉。許久以後，李素第一次清楚的明白姊姊在無兄姊指引下，需獨自從事許多事的辛苦，及在其中無人可訴說的寂寞，當她終於嘗試將它說出來後，又沒有人能懂得。現在姊姊已去到遙遠的國外，所有的解釋看著都已太遲無用，李素幾次想寫信告訴姊姊，她已了解，但總不知該從何說起，最後也只有作罷了。

從來不曾想過，姊姊出國帶給李素如此巨大的悲慘，除開加諸於姊姊身上的榮耀和名聲，李素發覺到那渺遠的異鄉幸福亦不足成為安慰，李素開始面對與姊姊之間一種血緣關係上的割除，那是整個失去的哀傷慘痛，李素明白了何以人們會將「生離」和「死別」在一起連用。

李素以前認為，懷帶著整個鹿城及童小過去的懷念，姊姊在異鄉是不可能會幸福的，那麼，姊姊出國豈不十分可笑？然而，姊姊是走了。更甚的是李素不免要懷疑，姊姊對與她舊日生活有關的鹿城人們是極失望著。李素覺得，陳西蓮實在不該是那樣的。

李素並不認為陳西蓮十分好看，她身材很是細瘦高䠷，一隻挺而向內彎勾的長鼻，幾占去臉的大半，其他的器官都還算端整，上的依然是舊式深紅唇膏的嘴微向下垂，似乎隨時都會有一句伶俐的刻薄話，或一抹嘲笑準備要出現。李素由陳西蓮知道她們的來意後才很是熱切起來的歡迎中，發覺陳西蓮是一個十分精明的女人，李素以為，對她舊日的學生，如不是即將出國，有這般遠大的前程，她不致如此親切。

姊妹客氣地探問她一向的生活，陳西蓮謙遜照慣例回答不好後，輕巧的就藉此談起她在行醫丈夫的辛苦，但只在一剎那，她似乎想到這類談話對她們不適合，立即改變了話題。過後李素想，僅就在那一刻，才讓她些許感覺出十幾年前那位教導小學生們讀「她和她的小姊姊坐在門前的石階上」的國小女教師。

陳西蓮一直禮貌客氣卻又關懷熱切地與姊姊談論一些出國的細節，李素記得那使那個黃昏的談話一直沒有中斷。陳西蓮是這般活動精神，也就越發顯得一旁稍遲才進來，被介紹為是她丈夫的男子的不安。李素微些感到在這古舊陰暗的老屋裡這對夫妻有一種奇異的間離，只是她並不想知道。當這次回來終於清楚姊姊何以會去拜望陳西蓮後，對她倒不免起了幾分負罪的好奇與關懷，李素於是稍留心起陳西蓮。

深讓李素詫異的是，她極為輕易就得知有關陳西蓮的過去，也驚奇地發現，整個鹿城中似乎只有她未曾聽聞過這段消息。

假期很快的結束，李素重回學校，開始知覺到自己已經必須重新面臨整個鹿城，那個在過去一、二百年曾極為興盛，而現在已衰微的鎮市。以前由於未曾離開它，李素從不曾想對它特別留意，可是當她從一個距離轉身向後回顧，已無可避免地發現遺留在身後不遠的它。李素更清楚地明白，雖然她可以用種種方法來遺忘鹿城，可以忽略它，但終究，她將永遠無法輕易地抛掉它。

倒是在國外的姊姊不知怎地來信中很少提及鹿城，她僅形容異鄉的生活像踩在半空似地不實在，每天三餐的吃食都讓她以為只在吃點心，卻始終不曾詢問起有關鹿城的種種，只偶爾會順便問及農曆。李素對姊姊感到迷惑了起來，但又害怕去追究清楚。

日子就這樣過去，當學校新的生活逐漸安穩有序下來後，學期已過了大半，在臨近期末考的幾個星期前，李素接到了姊姊的一封信，信中提及她最近做的一個夢。

總是故鄉那一條河，像電影搖鏡一樣的搖擺起伏著，在秋日的陽光下光耀得十分刺目，河旁開滿葦花一叢叢灰茫的一片，夾住閃亮的河流成一片銀白。感覺自己是在那搖擺不定的河邊，應該還有另一個人，可是總看不到。穿行於蘆葦裡四處找尋，有時候，幾近乎就是在身旁的蘆葦叢裡，但無論如何努力的搜尋還是見不著，又倦又惶恐，想中止這一切，那人的氣息又隱約地浮現，只有重再繼續找尋，而四周只是大片白得淒苦的葦花和動盪著的耀眼波光。

淚水流經李素的雙頰，滴落在信紙上。

西蓮

早在久遠的四、五十年前，陳家就一直是鹿城居民最好的閒談資料，而陳西蓮的母親，無疑是引起紛爭最多的一位。

她的曾祖父、祖父一輩，原在鹿城頗富資產，到她父親時，家勢已衰微，當然無力供應一個女孩在日據時代讀書。但自幼極聰敏的她，很得一位遠房有錢的表姑喜愛，資助她完成高女學業，再加上頗有幾分姿色，不久，她便做了陳家的媳婦。

陳家在鹿城之所以一再被提及，除了豐厚的家產，還該因著幾個相當出色的兒子。所以雖然丈夫於新婚幾月後就繼續到日本攻讀未完的醫學學位，陳西蓮的母親仍甘心忍耐獨處於陳家紛雜的大家族中，靜靜地等待。

然而在異地的丈夫受不住寂寞，和一個日本女人同居了，這消息經由好幾個人口中才輾轉傳到陳西蓮母親處。誰也不以為有什麼不對，在當時，陳家的少爺要娶進幾個姨太太，沒有人會說一句話的，何況只是在外地和一個女人姘居。

陳家的二娘，本著作為姨太太的經歷，勸導痛哭的陳西蓮母親，要看開，只要名分還在，作為女人應該懂得可收可放，這等事男人在外頭畢竟是難免的。

陳西蓮母親的反應卻是可怕的果決，她不顧眾人的反對，即刻乘船到日本，想澄清這件事，丈夫承認了與日本女子的關係，然後，究竟發生了些什麼，陳家的親長誰也不肯多說，總之最後陳西蓮母親提出離婚的要求，在短期間和丈夫談妥一切條件，甚至分好了一份她該得的家產，才又飄飄盪盪地回到鹿城。那時距她產下陳西蓮也只不過二、三個月的工夫。

這件事足足被談了好幾個月，鹿城從來不曾有這樣的事發生，陳西蓮母親可謂是第一個正式離了婚的女人，各種謠言紛傳，大半皆是指責陳西蓮的母親。直到產下陳西蓮，人們知道一個女嬰不足去爭奪家產後，興趣才慢慢減低。

陳西蓮母親得了法律條款依據上該有的財產，有很長的一段時間，她安靜地守著她的資產過活，鹿城繼續有更多的事情發生，表面上她幾至被淡忘了，但當許多年過去，有時當一些較她幸運的女性不很被人言渲染就取得合法的離婚，她仍會被提出做例子。

陳西蓮漸漸長大，作母親的始終獨守那一幢得來的大房子，幾乎不與人交往，只有一個幫傭的老女僕，偶爾傳出太太虔誠地篤信佛，不僅在家裡備有佛堂，每天清晨誦經，還打算遷到素堂居住的消息。

當初相信陳西蓮母親嫁給陳家只為財產，並堅持婚前她已和一男子過從甚密，離婚只是一種手段的人們，不得不改變了他們的想法。許多人更開始相信，一個會信佛的女人，也做不出什麼壞事，雖然那時陳西蓮的母親正值三十幾歲。

就這樣，這個離過婚的女人，守靠她的財產和女兒，為著某個鹿城居民所不知道的原因，拒絕不少媒人獨自生活了一、二十年。當年資助陳西蓮母親的遠房表姑，原也篤信佛教，多年來成了陳西蓮母親唯一來往甚密的知交。她總是搖頭嘆息，告訴一些親朋，在產下陳西蓮後，做母親的已有如此終了一生的打算，所以為女兒取名西蓮，取西天極樂界裡不衰不死佛陀的座上蓮花的意思。

再度又受到注意已是陳西蓮高女畢業的那幾年。陳西蓮任教於鹿城國小，成為人人稱讚的負責年輕老師，媒人也開始進出陳家。陳西蓮本與她大姑的兒子指腹為婚，現在雙方兒女都已成長，經由媒人撮合，婚約是必須履行了。況且，陳西蓮頗中意她那在省城讀大學的名義丈夫，她未來的婆婆也很喜歡這蒼白細瘦略帶羞愧的年輕媳婦，看來陳西蓮不會再有機會教導另一批新學生讀「她和她的小姊姊坐在門前的石階上」了。

這時候，陳西蓮的母親用了她做母親的權力——一種可以將上一代的嫌隙向子女訴怨的權力吧——向陳西蓮表明她多年的積恨，她怎樣受盡夫家的欺凌和嘲笑，好不容易可以自立，他們又日夜設法窺探她的生活，等著看她有何不檢點的舉止。當初踏出陳家大門，她已下定決心與所有陳家的親戚斷絕關係，即使作乞丐，也不到他們家門口行乞，如今憑著這口怒氣，也熬過這許多年，她無論如何不會與他們修好，更不用說聯親了。

陳西蓮的婚事受到挫折，她劇烈地和母親爭吵，誰也想不到那個蒼白的國小女教員，會當著母親摔毀一套珍貴的清朝瓷器，那套瓷器還是當初母親費盡心力才從夫家分得的。消息仍由老女僕傳出，人們議論陳西蓮，不免拿這對母女相比較，許多人以為，年輕的女兒也會類似二十年前的母親，強硬地採取某種決定。

事情拖了幾個月，陳西蓮終究不是母親年齡及耐力的對手，最後，還是傳出兩家解除婚約的消息。

關於此事對做母親的有許多極可怕的謠言，有的甚至說是母親為了阻止女兒的婚事，不惜以自身去引誘未來毫無經驗的女婿，在上床前那一刻，才讓早安排好躲在暗處的女兒親自做一個了結。不管事實怎樣，會有這般說法流傳，總可見潛藏在鹿城居民心中，對當時已年屆四十歲，尚超乎尋常嬌麗的陳西蓮母親一種莫大的懷疑和不安。

婚變的餘波還未十分平息，鹿城就又散布開另一則傳聞，那是有關陳西蓮與同在國小教書的一外省男子戀愛的消息，這戀情由於省籍及門戶不同，可預測一定會受到阻礙，然而陳西蓮的母親卻一直不曾出面阻止，只任人們繼續談論她的女兒如何在鹿城西郊的運河堤邊，微傾著上半身與較她還矮小的男人親吻。直到謠言成為陳西蓮已懷有那男教員的孩子，他就突然被調到鄉間的一所國小去，調職的理由是他教書不盡責。最後這一著當然令鹿城的居民想及是陳西蓮母親的作為。

如果不是那男教員在鄉下國小的宿舍裡企圖自殺，幸被送到醫院救活，這一段戀情也許就會毫無爭紛平靜的過去。原已安然繼續到校教課的陳西蓮，得知消息後，趕到醫院，在醫生和護士前，流著淚告訴那男子，以前她從不知自己如此喜歡他，現在，不管發生什麼事，她一定會嫁給他。

可能由於緊接著的長時期的暑假，也可能陳西蓮的母親採取了什麼行動，有好一陣子，鹿城的居民就再看不到陳西蓮，陳家那兩扇厚重的大木板門也難得開啟。

此後又有好幾年，鹿城的居民在陳家母女身上找不出新的話題，在這段時間內，陳西蓮不再是一個負責認真的老師，同時她可怕地蒼老消瘦下去，偶爾在星期假日，她陪同母親到市場，猛一剎那的感覺，臉色青白的女兒竟較母親更無生息。而年屆四、五十的陳西蓮母親，竟好似越來越年輕，她本來就是一個嬌小清麗的女人，慢慢地在她中年後豐腴略顯多肉的身上，浮現出一種奇特的柔媚和愛嬌，形成豐艷的異樣青春，這和身體稜角分明的女兒是極明顯地不同著。

鹿城的人們逐漸地注意到新臨母親身上的光彩，年老歷經世事的女人們，猜疑是那件事，新近結婚的女人，微些忸怩的閒談中說出她們的看法；除了那等事，還有什麼可使得一個臨近五十歲守活寡的女人如此的光彩？可是誰也挑不出什麼差錯。

倒是不久後，陳家傳出母親生病的消息，鹿城許多有名氣的醫生都被請到家裡去診病，皆在一段時間後因為沒什麼起色，一個個被替換下來，直到改為泉郊救濟醫院一名年輕的駐院醫生，陳西蓮母親的病才逐漸好轉起來。

閒言閒語該是起自病癒後那年輕醫師仍繼續出入陳家，有時候，甚至是極深的夜裡。好事的人們幾經探察的結果，發現了母親和這男子的姦情。

這一段不正當戀情的結果是女兒嫁給了這年輕醫生，陳西蓮的母親則辯白夜裡到她家去的男子是為了會見她的女兒，沒有人知道做母親的怎樣使女兒屈服答應下嫁，事情在陳西蓮出閣後也就慢慢地平息了下來。

婚後幾年中陳西蓮有了好幾個兒女，由於那男子在鹿城孑然一身，幾經商討的結果，夫婦帶著小孩搬來和母親同住。陳西蓮在這時顯現了對財富激烈的要求，她已不教五、六年級而教一、二年級剛入學的新生，她先在家裡裝備起繡學號機器、吸引那些永不會間斷的學生顧客，並使母親答應翻修陳家的大廳堂，逐漸擴充成一家頗具規模的編織補習班。母親所有的錢財到這時也差不多用盡，陳西蓮接管起家中的經濟大權，她開始獨立了，至此她已不再是個教導學生讀「她和她的小姊姊坐在門前石階上」的剛畢業熱忱國小女教師。

鹿城的日子繼續在過去，當年曾談論陳家的人們也相繼著老去，偶爾閒話起過往，他們仍會提及陳西蓮的母親。有些篤信佛的女人以為，陳家母親的確為她的女兒取對了名字，在現世因果的相報裡，那西天佛座上的蓮花，始終盡了最大的力量替做母親的解決了許多的困難。

水麗

林水麗回轉鹿城，並不像報紙所報導的：名舞蹈家林水麗，突然推辭一連串電視舞蹈演出，回到她的家鄉……據一般推測，極可能是為逃避某些合約……

仔細要算算有多少年未回鹿城，林水麗也感到茫然，至少該有十幾年吧！自第一次從日本歸來，就沒再回鹿城，因為絲毫不覺得要回去。鹿城只不過像窗外急馳過的臺灣中北部幾乎完全一樣的鄉野，在腦中留下個模糊的影像，彷若遠遠看著一幅迷迷濛濛的山水畫，有個概略的輪廓，卻也不特別想趨前去看清有多少屋舍，多少人影。

林水麗收回望向窗外的眼光，將手中的報紙摺好，一絲清寂的微笑輕輕拉動仔細化妝過的臉龐。十幾年來第一次回鄉，卻給按上這麼難堪的罪名。

報導倒也有不可忽略的事實，林水麗想，卻猜不透記者何以能知道這許多事，她的確辭掉幾場重要的舞蹈演出，為的不全是合約問題，而是不久前練舞時受的腿傷及一種對舞蹈冷淡的煩惡，再加上需回家處理一些土地的產權，才毅然推辭這一連串可以加深自己聲望的演出，可是記者卻只考慮到合約問題。林水麗不由得歪歪嘴苦笑了一下，心中倒感到作為一個藝術工作者在被誤解下，為藝術盡了最大的努力，甚至能不惜犧牲的自喜——似乎跳了這二、三十年舞，只有此刻才有真正、最大的滿足。

想想這幾十年，舞蹈的確一直占著最重要地位，但真正懷著神祕深切狂熱的，恐怕只有在鹿城的那些日子。林水麗將頭倚在莒光號柔軟的藍絲絨靠背上，輕輕地垂下眼，幾是不覺地微微笑了起來。那時候在陳西蓮家巨大略顯陰沉的廳堂裡，聽遠遠上廳傳來陳家母親敲打木魚和誦佛的聲音，細碎地隨自己興致擺動四肢和身體，矇矇矓矓的像在淺淺的睡夢中。從天窗灑落下來些微的光線和上廳禮佛的燭光，照得四周布滿一個個巨大黑影，黑樸樸的，甚至凝聚不出形體，只隨自己的舉動幻化出各種奇異的影像，有些像某種巨大笨拙的獸物，在牆折角處的，又變得孤苦零丁的細瘦。但不管怎樣，總還是自己，雖然只是變化的影子，能夠相相互互地纏繞在一起，倒也不失是一種安慰。

現在終能體諒家裡為何會如此反對，可是當時並不，覺得自己必須獨力作一番聲嘶力竭的奮鬥，所以能赤足在陳家下廳隨同無數自己影子舞蹈，毫不用擔心陳西蓮母親會突然轉過身來，可說已有很大的自由和歡愉。往後的時日裡能在各種情形下繼續不斷習舞，或許部分緣自當時所歷經的那神祕快感吧！

很難清楚那陰鬱、邪巫的快感到底由何產生，這許多年來，就只偶爾獨自於陰暗大廳中跳舞的霎時，還可以再感覺到類似當時沁涼的五角紅磚拼成的地面上留給足尖麻冷冷的那種刺激起體內性慾的快慰，卻總缺少參與某種神祕祭典去獻身的精神滿足，偶爾的，林水麗會痛楚的知覺到，自己對那段時間竟有深遠的懷想與眷愛。

如果它不是依屬在鹿城中，也許她早會試著回去，可是許多的事情常是這樣的，林水麗並不抱怨，也並不追究。倒是當客運汽車停於鹿城的小火車站前，林水麗看到望洋路與十幾年前並沒有很大的改變，聳立街道兩旁的依然是清末建立的三層古式洋樓，一長排略為單調的清灰色，卻也不是沒有某種壓迫的嚴肅氣派，林水麗的身子輕輕抽顫了一下，心中升起去看陳西蓮的想望。

回到日據時代祖父興建的仿西式城堡的老家，黃昏的太陽只留下一點微紅藏匿在尖塔後端。應門的依然是孩提時守門人的妻子牡丹，一頭白髮幾乎使林水麗認不出來，也使她猛地發現到自己已不再年輕。迫切地，在安頓下來吃過晚餐後，她向牡丹探問起陳西蓮。

在陳家廳堂練舞的當時，陳西蓮和自己一樣只是個高女學生，蒼白、細瘦、些微駝背，極為羞怯，偶爾卻較自己敢於去做許多奇怪的事，就如同鼓勵自己可以背著上廳唸佛的陳家母親，在下廳跳舞，都是冒著很大被責打的危險，可是她卻自顧滿臉通紅的躲在一旁，眼睛閃亮地盯住自己跳舞，要不就是拿來一大堆日文愛情小說，邊看邊淚流滿臉。記憶中除了陳家母親晚課的這段時間，陳西蓮會有些奇怪的舉止外，其他時候，總只見她蒼白著一張臉，手足無措地站在一旁。

高女畢業後，同家裡極力爭執的結果，還是經由姨母安排來到臺北，也就不曾再見到陳西蓮。隔了這一、二十年，突然又聽到白髮的牡丹，完全以老媽子述說閒話的口吻，談論陳西蓮的大半生，林水麗感到冷冷的不舒服，想到換個場合，自己未嘗不也是這樣被談論著。是夜，她睡得很不安穩，心中一直無法設想當年羞怯、毫無主見的陳西蓮，是怎樣熬過這許多事情的，心中不禁替她暗自著急。

緊接著幾天，土地代書及律師占掉所有的時間，稍空閒後，又必須會見由親戚們介紹來見她的小鎮舞蹈老師，直到買好當天下午回臺北的火車票，是晨林水麗才得抽空到陳西蓮家。

記憶中完全依照建屋時極考究的規格，仔細分為上、下兩廳的陰暗大廳堂，已被從中間隔開，以前跳舞的下廳現在成為一編織補習班，上廳則被分隔成作臥房的幾個小房間，穿過一長排吵雜的編織女工和機器聲，林水麗見到了陳西蓮。

驚奇及尋常的問安後，彼此間倒有點生疏，喝了幾口茶，林水麗問起一些以前高女的同學，陳西蓮一一回答，兩人免不了有些感慨，陳西蓮因而說道：

「妳現在真好，常在報紙、電視上看到妳呢！」

「沒什麼。」林水麗回答：「混混日子而已，沒妳好命，小孩都這麼大了。」

停了一會，誇獎幾句小孩。「聽說妳先生是醫生?!」極小心地，林水麗試探地問。

「小醫生，沒什麼，今天剛好不在家，到醫院上班去了。」陳西蓮回答得出乎林水麗意料的坦然。

「伯母呢？」林水麗問。

「買菜去了，她喜歡做這些事，要不待在家裡也無聊。」

兩個女人談著談著，熟絡了起來，雖然也只不過說說彼此分離後的經過，倒也十分親切。臨告辭前，陳西蓮盯著林水麗一會，以稍黯然的口氣說：

「像妳真好，跑遍大半個世界。我又是家，又是孩子，這一輩子大概永遠別想走出鹿城了。」

林水麗不知說些什麼，只有執起陳西蓮的手。

「有空到臺北來玩。」

陳西蓮應了一聲，送林水麗到門外，中午的陽光十分輝亮地閃耀著。

直到坐在火車上，林水麗才想到沒給陳西蓮留下住址，仔細想想倒不是忘記，而是當時不覺需要。陳西蓮已有陳西蓮的一切，也許她的確不再是當年那個細瘦蒼白的高女學生，也許她的遭遇的確折磨她，鹿城的確重重地圈限住她，但不可否認地在這當中，陳西蓮有了她的一切，她的家庭、小孩；這和自己今天擁有的聲名、地位又有什麼不同？自己辛苦地不惜與整個家庭決裂跑了出來，如今也只不過是個離過婚、沒有孩子的中年女人。林水麗不由得狠狠地握住手中那份土地產權證明。也許此刻才得到原本早該得到的這筆可觀的遺產，就是唯一、心酸的回報吧！

林水麗閉上眼睛，可以感覺出隨著火車北上急馳，鹿城逐漸地被一尺一寸的拋在身後，慢慢地越來越遙遠。

就算陳家那廳堂已拆除，自己總還是會從別處得到另一種新的力量再回去跳舞的，林水麗想。

舞展

早在辛夷尚未歸國的前幾個月，林水麗就在報上看到對辛夷大篇幅的介紹，為此一位吳姓同在一起跳舞的女同事，還特別向林水麗抱怨，出去走一趟，不管是否學到些什麼，總很快成名，留在臺灣熬一輩子，也不見出頭。林水麗笑笑，沒說什麼，最後還說了幾句應景話，不外沒真實才學，也混不下之類。說著說著，林水麗心頭明白，吳姓同事並非不知道她是應聘到東南亞各國巡迴表演，回國後才真正成名的，也不是不知道辛夷是跟隨她學了好幾年舞的學生，會如此說，意思極為明白，只不過林水麗懶得去計較罷了。

辛夷回來後，斷斷續續地還有人談及她，林水麗也在一次晚宴中見著她。是夜，辛夷可說是整個宴會的中心，出席的各界人士，都不免對這樣年輕在國外得獎的女舞蹈家懷帶幾分興趣與好奇，紛紛上前與她攀談，所以當辛夷見著林水麗，恭敬地稱呼她林老師，並熱切地探問她時，林水麗的確感覺自己沾了不少風彩，心中是有幾分安慰。可是深夜回到家裡後，帶著酒意的林水麗，獨坐在豪華偌大的客廳，倒是感慨萬般，想起不過幾年前，自己也有像今天辛夷的排場，只幾年後，卻必須獨自面對這樣的長夜，思前想後，想想離異了的丈夫，家庭生活的種種，往後更不知如何繼續編舞，一時間，晚宴上那些不是十分有意思的應酬變得尖銳得可恨，林水麗躺臥在椅子裡，張開嘴猛地大口地嘔吐了起來。

所以當辛夷在回國後，並沒有舉行任何舞蹈發表會，僅答應她的母校做一次有關現代舞的專題講演時，林水麗於相當忙碌中也趕了過去。

到的時候還略早，林水麗稍環顧一下會場，靜坐的只是些學生，沒有一個舞蹈界的熟人，心中興起一種說不出是驕傲、高興還是什麼的複雜感覺。

坐在角落的李素，卻在偶一轉頭時，看到並認出了她。

由於並不曾期望在這個場合中見到林水麗，同她學舞後有十幾年就再不曾見到她，只在電視上看到她跳舞而殘留著不很精確的印象，因而林水麗的出現，更具有一種奇異恍惚的神祕，彷彿童話故事中極熟悉的人物，突然來到跟前，一時，真分不清楚眼前的這個到底是那些被創造出的人物，亦或是真實的。

臨近學期結束，天氣已相當嚴寒，林水麗進得屋內，隨手脫下紫紅暗格的迷迪長大衣，裡面穿著依然是及膝的紫色洋裝，衣服的長度使久遠以前的一個形象在李素心中明晰了起來。

記憶中，林水麗總是穿長過膝蓋的衣服，尤其是有大蓬裙子的洋裝，當她坐在鋼琴前，寬大的裙邊攤滿坐椅，像盛開的大花朵。那時候，李素常以為，只有童話中的公主才會如此穿著。而後過了十幾年，由於衣服長度的近似，引發出李素潛藏著過去的記憶以及對林水麗的熟悉，可是另一方面，李素卻也必須清楚地知道，那童話中的公主已經失落了。

雖則林水麗依然漂亮，而且或許該說，她的美貌在十幾年後的今天才算真正的顯現，她是那種高挑、長身、昂著頭驕傲類型的女人，粗眉大眼，略嫌寬的唇。這些在十幾年前，正值她年輕時，也許並不很適合當時鹿城的審美觀點。而現在，當這些被評定為美和另一種特殊氣質，李素已清楚地在林水麗臉上看出了年齡。

然而並非因著林水麗不再年輕，李素才知道她已不是童稚時心目中的公主，為的或該如同林水麗身上的衣服，雖然和十幾年前時興的長度沒有多少差別，可是在剪裁和式樣上，已有了截然的不同，林水麗不再是小學時教芭蕾舞的那個有一雙細軟手的林老師，而只是美麗氣派不相熟識的舞蹈家，李素想起了陳西蓮。

為什麼她們必須有這樣的不同，李素自問，因而聯想起衣服和女人間奇異的關聯。十幾年來，服飾輪迴著流行，又有了復古的趨向，可是李素懷疑，十幾年可以將一個人改變成全然不同，在這當中，意味著歷經多少事故，又不知將以怎樣的心情去穿服裝設計家強調復古、回歸的衣服。

辛夷準時開始她的演講，李素不經心地聽著演說者介紹自鄧肯以來美國現代舞的發展和趨向，以及在紐約學舞的種種，一面仍禁不住要屢屢回望，看到坐在身後不遠林水麗專注的神情，對自己的舉止也不覺感到羞慚，就再不願回頭了。

林水麗確是專注地傾聽辛夷所說在瑪莎·格蘭姆處學舞的經過。那是久遠前的一個夢想，現在卻必須坐著聽，由一名學生來告訴她當中點滴的細節，哀切的淒楚湧上林水麗的心懷。

離想要到紐約學舞已經隔了將近二十年，也終於明白在當時舞蹈界的氛圍、家庭，以及其他各種因素下，到紐約學舞只是一個永遠不可能實現的夢想，算是早已不存這個希望。有時候甚至還可以向自己解嘲，即使真的學了，亦不可能為當時的國人所接受，終其一生只能做個寂寞的舞者。可是，這些都只在一個先決的條件下才能成為安慰，那就是，將近二十年來從沒有一個從瑪莎·格蘭姆處學舞的中國人像辛夷一樣地回來臺灣。以前，還可以當它是沒有人——至少是林水麗所不知道——達到的理想，多少總還有些慰藉，現在隔了這些年，有人不很困難地就做到了，而且還是她的學生，最先湧上林水麗心頭的是刺心的酸楚，而後接著的才是憤恨不平的嫉恨。

有一會，林水麗靜坐著，回憶起以往因無處學習而使自己的舞不能精進，以及夾在跳舞隙縫中不幸的婚姻生活，不免想到所有這一生看著都因環境的牽絆將要一無所成，而辛夷卻能幸運地輕易就達到某一個基準，以此再往上將會是較輕易的。林水麗緊緊握住皮包的帶子，幾次想要站起身來走開，她清楚地知道，再繼續留下去絕沒有好處，不去明白許多事至少還可以保留最後殘存的一點信心，好能繼續編舞。但另一方面林水麗卻不甘心著，想等著看辛夷到底學了些什麼。

概括地重述幾位重要的現代舞蹈家，強調由於她們的努力，才使得現代舞完全從古典芭蕾中脫離出來，成為同文學繪畫一樣反映時代的一種藝術後，辛夷結束她的講演，開始放自美國帶回來的影片。

第一捲是日常練習的基本動作，林水麗看到與自己所學古典芭蕾完全不同的訓練方式，第一次發現舞者可以充分地用身體和動作說出一種新的語言，來表示最真誠、直接的想法和情感，冷不防打了幾個寒顫。

接著是幾齣舞，有辛夷自己編的，也有跳別人的作品，都不很長，也不是大型的舞蹈，林水麗看完兩齣後，猛地站起身來往外走。

也許是畫面的光線太刺眼，猛地站起的剎那，眼前只有一片不可辨的昏黑。

想走為的是不能忍受那些舞，林水麗承認，它們有最完善的技巧，最好的燈光氣氛與效果，可是她無從喜歡，它們表達了一個她不能懂得不能介入的世界。

但另一方面，林水麗相信，憑藉著那些技巧，以及加上個人化後，她可以編出一向真正想要表達自己的舞。只是，只是，所有的一切都太遲了！她已不再能重新開始。

黑暗中，林水麗摸索著向外走，好不容易穿過一長排座椅，打開門，寒冽的冷風直往臉上撲來。

李素深深地為銀幕中的舞蹈所感動，並不知道林水麗已離去，影片完了燈亮後，李素拿了大衣站起來，人叢中再不見林水麗蹤影，一絲莫名的黯然湧上李素心頭。

假期

當買好了回家的車票，把該清理的東西準備妥善後，李素坐在同學們亦已收拾好東西，因而突地感覺空蕩起來的寢室，並不是不喜歡，只是沒有始初想像的那般熱切，倒有些說不上來的悽惶。

直到坐上火車，李素不知怎地仍鬱悶著，窗外的西門鬧區在尚不很快的車速下終還是慢慢地遠去，李素心中輕唸著：

「再見了，臺北。」

然而向誰說再見，向四個月生活於此的這個城市？或許是的，尤其當它之中曾有人深讓她眷念，為此就該向它說再見。李素閉上眼睛，在淡淡哀愁下不知怎的總不祥地覺得，自己似乎永遠不再能回來。慌忙地睜開眼，想最後一瞥這個都市，窗外卻已是漠漠的水田。

只幾個月，如此巨大不熟悉的都市已在李素心中產生一種恍惚的親切，並因而感到有所依憑。於這個李素一生中至少要停留四年的都市與李素間，時間不自覺地居中負起接繫的地位，牽引出彼此間一層新的關聯。在一個被定義龐雜的大都市與小小的個人中，有時候，僅因為一些微小的關係，會牽扯出各種因緣，使一個大都市和個人在某一點緊緊地結合在一起，更至永遠不能忘懷，然而在當時李素心中，只模糊地意識到分離的愁緒，及微覺意外的，自己居然這麼輕易就對一個只居留四個月的都市感懷，因而想起了鹿城。

回得鹿城，雖還是初夜，嚴寒的街上只有少許行人，李素拉緊大衣的領口，略帶詫異與酸楚地意識到鹿城竟是這般的清寂，一向李素藉以懷想鹿城的是它恬淡平寧的氛圍，但卻絕不是如此的淒冷。來到以前常經往的長巷口，冬天清暗的路燈照在鋪地的長條石板，淡灰一如墓地石碑顏色，所有以前聽到有關長巷鬼的傳聞，驟然湧現，另者在臺灣耳聞的許多昏暗地方女子遭強暴的事故，也齊湧上心頭，李素站在巷口前遲疑了，最後還是繞彎路經大街回家。

走在路上，李素為自己的猜疑略覺靦然，以往從來不曾懷疑到鹿城的平靜，現在居然一想就想及那等事，難道只離家四個月就使一切生疏了。

回家後自是一番歡喜，說了許許多多的話，話了苦也說些趣事，時候遲了才各自睡去。尚在高中就讀的弟弟換上睡衣，在李素臥房前探進半個身子。

「二姊，妳還不想睡吧！」

坐了大半天火車已相當睏倦的李素微笑地搖搖頭，招呼弟弟進來。猛地回想起以往，不也是數著日子等姊姊學校放假回家糾纏著她講上大半夜的話，有時還記得問句：「累不累？」而姊姊總是微笑搖頭。如今身臨於自己後，才知道那搖頭中的愛心，姊姊卻是已去到遙遠的異地，雖僅只四個月的大學生活，自己也有不少的改變，李素想想，不免有些喟嘆。不過，無論如何，能回家總是好的，李素最後這樣以為。

接臨居家生活的日子平穩且舒適，只幾天後，李素重再覺得一切似乎又回復到未離家前，鹿城屬於小鎮的特有步調接管起生活中各個細節，安閒無慮但也少有變動，時間稍長後，李素感到的是陷入一張甜蜜黑色的網，卻不想，也不願掙扎。當然所有為這假期做的計畫都不得實行，一本想細讀的《中國文學史》，仍然停留在最初的神話時期。

然則，逐漸地，居家生活也在迫使李素必須揚棄無數清純的過往，那是母親態度顯然的轉變。

母親是一舊式女人，識字不多，但能幹伶俐幾乎是這偌大家族所一致公認的，記憶中，母親永遠可以處理好任何事情，甚至包括偶爾和父親小小的爭執。自小學到高中，母親從不曾向李素訴說紛雜的家務事，總是自顧辦妥了，有時順口提及，也不要孩子干預是非，但在這假期裡，母親幾次徵詢了李素的意見。

是看完連續劇九點多的夜晚，李素對那些電視連續劇一向沒什麼好感，獨自在房裡繡一幅高中勞作沒完成的花鳥湘繡。母親來到李素房中，四處略為收拾，站在一旁看李素繡花，時或參與些長短針與顏色的意見，李素都照做。母親繡得一手好花，這更是親鄰知曉的。

有一會後，母親在床沿坐下來，和緩地說：

「阿素，妳大伯的阿青下個月要結婚了。」

李素嗯一聲，停下手中的針線，抬起頭來。

「本來送份禮就可以，但妳大伯人很舊式，又愛熱鬧，我想還是送個喜幛……」

「是布上用錢貼個很大的喜字，娶新娘時掛在廳堂的那種？」閃現的尚存童年印象裡一屋子紅布與錢的婚禮，使李素帶幾分突發喜悅地剪斷母親的話題。

母親笑了，因著李素口氣中好玩的神采，愛憐地微笑起來。

「就是那種喜幛。錢我已同妳爸爸商量好，只差那塊布，妳都在臺北讀大學了，比較知道流行，用哪種料子好呢？」

李素第一次如此確切地感到對這家庭的責任與參與。

往後，閒談中，母親偶會提及家族中的爭紛，並帶著批判地告訴李素，她以為誰講理，誰意氣用事，以及該怎樣處理類似的事情。整個言談裡，母親雖只以自己的立場來談論，李素卻處處感到，母親也許正不自覺地經由這些家族糾紛，在教導給自己屬於鹿城生活及待人處事的方式。而這些糾紛是以往母親極避讓孩子們知道的。李素不免要自問，是什麼導致這樣的轉變，使從高中時不期然同坐在客廳，聽到父母親與訪客的談話，母親都要回過頭來，說一句「小孩子聽什麼話」，到如今母親會親自告訴這些？難道只為如同母親說過的——都已到臺北讀大學了，就得有如此的改變？而那四個月大學生活，又能意味著怎樣的成長？

李素茫然著，卻無可避免地介入一個多事的成人世界。

由於開始在意與關心，李素發現四周存活著各式的人物，不覺訝異於自己以往居然只在書本、學校以及家庭中，活過那麼多鹿城的歲月，而從不知道有這許多人，在發生著各種事。

李素感到好奇，不免興趣地觀看身邊的事物動態，直到有一天，蔡官的話驚訝了她。

蔡官是到家裡洗衣服和幫母親做些粗重工作的阿婆，平時李素白天到校上課，難得碰面，星期假日遇到蔡官早上來洗衣服，李素稱呼她一聲，道句早晚，也不知道要和這般年歲的阿婆說什麼，總匆匆做自己的事去了。倒是蔡官有時會問起李素學校的生活，說她小兒子都上高中，李素在一一回答完問話後，盡快走開。印象中，蔡官永遠抿著一頭油光光髮髻，洗得泛白的青布罩衣漿得挺硬，渾身散發一般髮油與酸了米糠的氣味，黧黑著一張稍長的臉，似乎從來很少笑容。

假期裡，李素有了閒暇和在意，才發現蔡官並非以往覺得的那般常陰沉著臉，每當輪到祖母來家裡食宿的時日，蔡官總一面蹲在院子井邊奮力地搓洗衣服，一面生氣與歡悅地同祖母談說些無盡的四鄰閒話。

李素聽著那些名字都未曾曉知的人們的故事，感到神祕與新奇，也因著與他們不熟識，只如同書中的人物和情節，尚構不成任何詆毀與傷害。李素繼續聆聽一個成人世界的天方夜譚，直到有一天，蔡官提及了林家，並最重要的，談到林水麗。

蔡官強調林水麗不久前回鹿城造成的風潮——她開得太低的領口可以清楚看到乳溝，露背的衣服直裸露到尾椎骨，長褲寬得奇怪的可容下兩三個人。以及她怎樣有意讓小鎮想見她的人長時間地等待，怎樣在言詞態度中冷淡傲慢來顯示她的得意。

「其實，那種在電視上跳舞的女人，和舞女實在沒什麼不同。」蔡官在品評完林水麗後，極肯確地這樣說。

李素感到羞辱，從來沒有一種批評，會較出自這樣一個說閒話是非的老媽子口中，更令李素為林水麗感到羞辱與難過，李素幾次想要辯白，想告訴他們，林水麗的舞蹈絕不像他們以為的那般低賤。可是，看著蔡官黝黑深沉、冷淡自是的臉，李素明白到，有些事情是永遠無法解釋清楚的，因為他們絕不肯懂得，甚至不會懂得。

蔡官繼續談說著林水麗，接著又說到林水麗的母親，李素忽忙從椅子上站起來想走開，拖鞋卻給椅腳夾住，慌亂中好一會才弄出來，最後聽到的是蔡官帶誇大口吻地在說：

「會出像水麗這種女兒，才真是壞竹長不出好筍呢！」

這就是在臺北時深深眷念，回家後以能參與其中歡欣、不安過的鹿城生活？

李素自問，不免想到這經由惡意刻毒的閒話建立起來的生活方式，將要是自己四年大學畢業後很可能需回來永遠加入的，心中有微些的厭惡和驚悸。

李素開始利用大部分閒暇，繼續起從神話部分後的《中國文學史》，傾聽那與生活遙遠不相干的故事，兩個月的假期也逐漸就要過完了。

臨註冊前，李素代弟弟到陳西蓮家繡一件新制服的學號，由於趕開學，繡學號機器旁圈圍著一長群等候的學生，走近後，李素辨認出俯身機器上忙趕工的是陳西蓮丈夫，旁站著她母親，只不見陳西蓮。

雖是老舊陰暗的古屋宇，白天裡亮著的日光燈，仍散布滿一室慘色耀亮刺眼的白光，照在因低俯身子越顯瘦小的原本青蒼瘦弱的男人身上，不知怎地居然反射出一層光暈，使乍看之下，男人好像屍身的浮白著。

一旁站著的母親，曾極仔細的修飾過，考究的衣著與團圓的臉龐，在燈下卻仍有種不可忽視的氣派，只臉上不合時宜鉛白色的白粉，已顯然可見是過時了。

她正以一把精巧的小剪刀，修剪繡好學號後殘留在衣服上的線尾。

李素看著兩人低頭熟練地配合工作，感覺到當母親從女婿手中接過一件件衣服時，兩人間存留著一種行動上的曖昧關係，一種屬於偷情特有難堪的親暱，李素想起曾聽說的有關陳家的傳聞。

但當陳西蓮從樓上下來後，這關聯馬上就斷絕了，尤其陳西蓮顯然不滿意某些事，以氣憤口吻的日本話斥責母親與丈夫，而被責備的兩者，安靜地坐著，毫不辯白，臉上不期然同時泛出訕訕的快慰，彷彿因被責罵而深自滿足著。

說了有些時，陳西蓮才瞥見了李素，匆匆打個招呼，臉色倒和緩下來，問起李素的姊姊，剛聽完回話，一轉頭，自顧自又上樓去了。留下臉色蒼白的丈夫，咳了幾聲，繼續在一大堆各色繽紛的絲線中踩動縫紉機。

這就是曾讓李素深切關懷的陳家陰暗的悲劇，如今以這樣生活中平常的細節作為收場，毋寧是十分出乎李素意料的。李素曾想像的是相處在一起的這三個人尖銳的怨恨與難堪的尷尬，可是，真確的生活撫平了這一切，只存留要過的每天的日子。

除開對這家族不幸的想像，李素發覺自己與這些曾自以為了解的鹿城人們毫不相干，畢竟，陳西蓮是姊姊的老師，而且也僅止於是姊姊的老師。

走出陳西蓮家，冬天早臨的夜已昏黑了望洋路，李素憶起姊姊臨出國前從陳西蓮家出來的那個夏日黃昏，許久以來，心中那份別離的哀痛第一次真正地平撫。

姊姊是無論如何應該走的。

也許陳西蓮的確已在鹿城可能的範圍內為她的過去做了一番報復，但這一切又有何用呢？即使陳西蓮今日能使丈夫坐在縫紉機前，能隨意的責罵母親，今後卻必須陪同他們永遠拘限於鹿城中，也大概得如此過完一生。

但姊姊卻可遠離這些，開展了另一方面的生活。也許異鄉的確要使她受苦，但難道不值得嗎？李素想起被辱罵的林水麗，以及她為舞蹈所作的貢獻。

「這一切將要是值得的。」

李素心裡想，對往後將要面臨的充滿奮發的勇氣，以及堅決的信心。

蔡官

要論說起過往鹿城的知名家族，蔡家無疑曾威顯一時，為的卻不似其他家族豐厚的資產，而是蔡家出過一個文進士。這文進士已是蔡官幾代前的祖父，是以當蔡官臨出閣時，其時的大戶，沒有人願意攀這門親事。幾代前的一個文進士，雖然在如此強調文風與雅尚的鹿城，仍派不上什麼用場，這大概就是當時有志人士疾聲高呼的風氣低落吧！

於是，蔡官下嫁了一個新晉豪富的商人兒子，做了也讓不少人羨艷的吳家少奶奶。落寞進士子裔有的不過幾幅掛在殘破廳堂的字畫，階級優越在鹿城絕大部分存在於錢財。吳家娶這門媳婦，既不傳奇的為著古老高尚門風，僅因吳家進出歡場的兒子，看上蔡官清純的美貌，而這大概是文進士家所最後殘留的一點餘韻。婚後據說那浪蕩的丈夫是收斂了，只不過不久後，卻較以往更形放肆，在外包養一個唱北管的女戲子。那時候，班裡以她和認的另一個乾妹妹，同以華麗風流風靡鹿城，那乾妹妹後來嫁了林家少爺，也就是林水麗的母親。

在丈夫追逐於戲子、酒、賭的這段時間，據吳家幫傭老媽子口中透出消息，最初蔡官和丈夫吵鬧過一陣子，直到有一次，丈夫動手打了她。往後蔡官不再理睬丈夫，而年輕的姑爺也更經常不回家了。

老媽子們宣派蔡官的不是，她們形容這新入門的少奶奶有種所謂「不知從哪裡來的派頭」，動不動就沉靜下來，不聲不響，連正眼也不睨一眼。然而大家族的恩怨是非畢竟不是三言兩語可說清的，雖然妯娌間強調這就是為什麼丈夫會要在外頭玩戲子，但蔡官卻始終深得翁姑的喜愛。為的或是新晉豪富的這家族，貧苦出身的雙親，仍無法接受兒子如許的揮霍，而蔡官不同於這家族的氣勢所顯現出來的持重及明理，使親長們覺得終有一天，整個家族或還能在蔡官身上有所挽回。

然而蔡官由一個沒落進士子裔的女兒來贏得在新晉崛起家中的地位，並不輕易。經由各種前因後果的牽扯，當然——據鹿城人們所猜想最大可能是關係著錢財——蔡官和年老的父親起了爭執。

像蔡官這種出身的女兒是不被允許和父親有真正爭執的，蔡官只是在一次父親來吳家責詢行為過分的女婿，而女婿指著蔡官的臉，憤恨地說：

「這都是你女兒要的，問問你女兒。」

才哭倒在父親座椅前，泣訴著當初家裡既為貪圖富貴把她嫁錯人，今後也沒什麼話說，父親不必再來受這等閒氣，免得讓人猜疑是為吳家錢財，好壞都是命，她也早就認了。

大半輩子以寫字賣畫為生的年邁父親，當天咒誓，他嫁女兒如果為錢財將不得好死，他蔡進士的子孫還要這張臉，女兒大可不必害怕娘家會來分走一分一毫，但既然大家把話先說了，往後也不要太怪親長不管是非。

就這樣蔡官絕掉娘家大族窮困的親戚，當然，親族中有人還會體諒蔡官不無她處在吳家的苦楚，但究竟，蔡官如許成功的作了吳家媳婦，是娘家親屬誰都不否認、不會忘記的。閒話說有時候蔡官偶在弄堂不寬的走廊與丈夫擦身相遇，做丈夫的都必得側肩閃讓由她先行，也可見蔡官在吳家的一般了。

文進士的子裔也守住了家風，就此不似以往常找上蔡官。蔡官獨力做了十年來吳家的媳婦，在丈夫興起偶爾回家住宿的夜晚，也為吳家產下幾個孩子，可是一當翁姑去世，分了家產各房獨立門戶後，夜裡蔡官強硬地將房門反鎖，拒絕與丈夫同房，宣稱是怕被染上丈夫由那些女人身上傳來的疾病。那時候，蔡官也不過三十幾歲。

丈夫就此公然與那女戲子在外居宿，從不踏入家門。直到一場大風雨，一夜之間悉數沉毀這家庭賴以致富的從長山滿載貨品歸航的貨船，而存餘的不動產，又都在丈夫名義上，丈夫才遣人議及要照管孩子，其中可能牽涉女戲子的名位和諸種問題，被蔡官斷然拒絕了。

然而無論如何蔡官都曾是吳家拿得起的媳婦，往後有幾年，蔡官還能獨力不著任何聲色的居家帶孩子，直到孩子們逐漸長大，蔡官又不曾送他們上工廠或學手藝，教育費成了龐大的負擔，蔡官於是才開始四處替各家洗衣服。

自此，蔡官就不曾間斷她洗衣服的工作。

丈夫在沒幾年間已大概揮霍完祖產，最後尚存的錢財又遭那女戲子逕自取去遠走別縣市，在這個時候，沒有人知道無依無靠的丈夫是否曾想要回家而遭蔡官拒絕，亦或另外發生些什麼，總之，蔡官一直沒與丈夫和好。據鄰居們說，有時兩人在路上不期然碰頭，蔡官都會不屑的一偏頭佯裝不曾看見，再重重地哼一聲。

蔡官繼續四處洗衣服，而當年幼小的孩子長大了，也受完相當教育，找到工作，成了家，他們希望接母親同住，蔡官到此也該享些清福，可是她卻拒絕了，說只要她還洗得動一天衣服，她就靠自己活一天，養兒育女是本分，並不是指望他們報答。

至於對外面的親鄰，蔡官自有一番說詞，她嗟嘆自己一向孤苦，一個人也自由慣了，恐怕不容易在兒子媳婦前討口飯吃。

就這樣，這個一生中，在自己觀念裡永遠是正當的做好所有分內事，而推至全部的錯責都極自然成為只發生在與她一齊生活過的人們身上的女人，於一家家四處洗衣服時，慢慢地形成她議論是非的習性。

她以她清白無瑕的過往，嚴酷地嘲諷、議論鹿城的人們，更緣由她的工作得穿行於廚房後院，蔡官從不缺少話題。

蔡官會向一家訴說另一家的女人，怎樣把沾了血的內褲都拿出來讓她洗，月月裡如此。那家如何，那個人又怎樣，總凡任何一點小事，都逃不出蔡官口中。另外蔡官又可從同樣好事的媳婦、老媽子處，聽來更多的是非，再交替的於各家中廣泛傳播。而像蔡官這種畢竟曾在大家族裡翻滾過來的女人，當然也最能懂得在那些節骨眼處找來更多可供談說的話題。

就這樣，這個一生中從未走出鹿城一步，稍微懂幾個字的女人，以她生活中許多累積起來的歲月與經歷，成了鹿城廚房後院的良心。她有那樣無可非說的過往，她可以正當地高抬起頭，言詞嚴冷肯確地判決一切是非，議論她認為敗德的私隱。這也大概是為什麼蔡官會如此尖刻地以「壞竹長不出好筍」來抨擊作過藝旦的林水麗母親，更由此不著痕跡地損及繼承母親這方面才華、並從事被蔡官認定和舞女的舞蹈沒有兩樣的林水麗。

雖然蔡官批判過無數人，但就林家母女方面，鹿城好事的女人，不時會想起搶走蔡官丈夫的，正是林水麗母親的結拜姊妹。這或是身家清白的蔡官唯一的汙點吧。

鹿城不乏有人讚賞蔡官持重明理，以為也只有文進士家才會調教出這樣知理明義、辨是非的女兒，但心地較謙厚的人們，卻以為蔡官就是為此才落得大半輩子替人洗衣服。

然而，卻從來沒有人計算過，蔡官的是非良心，引發出多少鹿城的家庭糾紛，傷了多少人的心，或甚且，毀了多少人的清白，造成多少人、事上的決裂。

色陽

從來繫日乏長繩，水去雲回恨不勝。
欲就麻姑買滄海，一杯春露冷如冰。

——李商隱〈謁山〉

色陽是一個已相當有年紀的女人，但在鹿城的歲月裡，色陽這種女人有時候卻較其他人更禁得起老。

早年在班子裡，色陽被周遭逼得猛向前跨步，還沒等過完十來歲粗澀的初春期，就得有二九年華的風采。但怎麼趕也就趕那幾年，一當二十來歲看著已像有年紀的婦人，聲名不響後，年老亦或年輕都不重要了。於是，緩口氣，彷彿賭氣著要補足以往走得大快的那一段青春，有好些時候，色陽就再不顯老，新添的日子，都只填入過往的年歲中，與現實不再相干。

姊妹們羨艷色陽跟對了王本，因而才能穩抓住青春貌美，但色陽終是一朵採下冰凍過的花，而且是盛開後才採下來，無論如何還是禁不起見天日。所以在王本花費完整個家當，色陽並未曾離開後，許許多多的黃昏裡，色陽就得坐在日茂祖屋前的竹椅上，縫綴些破舊的衣褲，改改舊衣，到這個時候色陽於是才又開始顯老。

新添的歲月加在坐於日茂祖屋前的色陽身上，一天深似一天，更多的年月過去後，色陽不僅要縫補破舊的衣服，逢年過節，還得做些應市景的小東西，像端午節的香囊，七月大拜拜用的草人，抑或元宵的花燈。

色陽並沒有很巧的手工，早些年在鄉間，絲線都罕見，更何況挑針繡花，倒是入了班子後，生活在某些地方突然與過去截不相同奢華地充裕起來，偶爾客人較少，閒空著，也和姊妹用做衣服剩的軟綢、五彩絲線，學學結紮香囊玩，勉強倒紮出個樣子，當時卻無論如何不曾想到往後有一天會要靠這過日子。

所以臨近五月的黃昏，色陽坐在日茂祖屋前，膝上放的不再是殘破、色澤沉暗的舊衣，而是顏色鮮麗的各彩絲線，或小小閃著沁涼清光的緞面布塊。在黃昏太陽的映照下，絲綢特有的輝亮光澤，雖只是少許的輝耀，也團團地圍滿色陽一身。色陽就用這些繡花殘剩的絲線，一段段接連起來，在已折成的紙模上，細細地纏繞出多色彩的星星、八角或圓形，表徵吉祥富貴的錢幣，以及粽子。色陽也用裁衣服剩的小布塊，縫成小小金黃色的老虎、公雞、錢袋、如意桃。每做好一個，色陽就順手將它掛在身旁一株枯死的榕樹盆景枝椏上。小小的香囊在近五月的微風裡，輕輕地搖晃，伴隨一陣陣香料的芳香，還似隨時會搖落幾響斷續的鈴噹聲。往後，不知將有多少童年美好的回憶，會經由這些手紮的香囊，在五月的夕陽下被輕輕搖出。

然而色陽卻少有對過去的懷想，多年累積下來的日子，已在她原本不被教導用來想像的思緒中再加上一層重壓，使她極自然地逐漸消除許多回憶。所以當色陽一線線纏繞、一針針縫製那將可以給許多小孩長大後無數懷念的小飾物時，她的心中幾乎沒有任何思緒，她不曾因做相同樣式的香囊而引發過去生活的回想，過去的，不管曾怎樣辛酸或不無歡樂，都不再被提及，至於未來，亦早已習慣不去想像。

就這樣有許多年，色陽坐在黃昏日茂祖屋前，專注地做香囊，隨著季節改變，她也紮草人、糊花燈，在緩長的這段時間裡，色陽不再有任何其他想望地埋身於她的工作中。而鹿城的人們，在追蹤了許多年，認可色陽沒有離棄王本的好處後，仍不免有人要以不屑的口吻，說像色陽這種有那麼一段過去的女人，舒適日子裡混慣了，怎麼變好也只會挑些輕巧的事做，依然不願勞動。

雖在閒話中，色陽仍能繼續她的工作，但隨著時間，色陽不得不歷經生養她小鎮的變遷，變化雖來得遲緩，卻一去不回。

最初是原先紮不夠賣的草人，一年年竟逐漸滯銷起來，委託寄售草人的冥紙鋪老闆，告訴色陽，人們已漸少相信七月大拜拜燒草人避邪的舊習俗，色陽始初並不在意，她堅確以為只要像她年歲的老一輩人沒死盡，一定還會有人買草人。七月拜拜不燒草人，孤魂野鬼盤聚在家中的冤邪之氣不得消除，拜了又有什麼用？但畢竟，草人的銷售一年不如一年，終於，冥紙鋪的老闆不再來收購草人了。

往後每年，色陽仍不忘逢七月要來些稻草，每束剪齊成二尺來長，從中對折，再在大約全長五分之一，以白線紮出頭的模樣，以下分成三股，兩旁小股編結成手，中間大股則留一段做身體，其餘分紮成兩條腿。做成一個個草人，拜完後同金帛一起焚化。雖然不再燒草人的四鄰也平安無事地過日子，不見災禍降臨，色陽仍繼續她的習慣，所不同的或只是每年紮的草人越來越顯精緻，而色陽也一年年更堅確地相信，燒草人避邪都還只能維持目前的情況，如果再不燒草人，日子將一定更不平靜。

新的外來的觀念，經由大眾知識的傳播，逐漸在像鹿城這類地方普及起來，甚且取代了舊有的習俗，畢竟需要很長一段時間。從各種大小拜拜都要焚燒草人到色陽減少賣草人的收入，這其間的變化是緩慢進行的。所以當色陽賣不出最後一個草人，她同時也在那許多年歲中點滴學會新的適應。但接著一項變遷，卻嚴重而快速地影響到色陽的生活。

那是在有一年五月，突兀得全然毫無徵兆地在臨近端午節前兩三天，市面上大批出現化學海綿作成的香囊。仍然有各種樣式，跳舞的娃娃、如意桃、粽子、老虎、公雞，但每一個都是機器裁出來，完全一樣的大小、式樣，甚至氣味，有些還在縫合處殘留著黏劑的髒黃色。這些工廠裡出來的一式產物，以它低廉的售價，馬上贏得幾近乎所有的顧客。

在節慶的這天黃昏，色陽捧回來大把賣不出去的香囊，依然坐在日茂祖屋前的竹椅上。五月傍晚的和風，很有意致的吹拂起色陽額前垂落的白髮，也帶出陣陣雜亂地堆放在竹籃裡香囊的香料味。

王本照例天黑後才抵家門，色陽抬起因長時間未動而僵硬痠澀的脖子，問：

「去哪裡？」

「出去一下。」

王本依慣常不在意的回答。

色陽知道他去了哪裡，在一起二十幾年，她一向知道每天下午他會到那裡。但在這時刻，二十幾年點滴堆存起來有關這行為的一切，突地以和過去全然不同的意義，明確地清晰了起來。大顆的淚水自色陽眼中滴落。

她接受他這個習慣，如同絕大多數鹿城的婦女，信服流傳已久——嫁女兒像灑菜花種——的條例，完全在機運中碰一個是否可以如一片沃土，抑或只是乾旱土地的丈夫，再毫無選擇地學會適應。她接受他這個習慣，不是同意，卻也並非不認可，只近乎無知覺地認命，並憑藉她過去閱人的經歷，而懂得絕口不提及。但這一切需得建立在尚能溫飽的三餐上，一當最後基本的生活都要受威脅時，她開始知覺到當中的不合理。

然而色陽終不是一個凌厲的女人，她也從沒有機會是。早年在鄉間，排行於眾多的兄弟姊妹群裡，到班子裡，並不響亮的聲名，都使她沒有機會成為一個放縱任性的女人，所以在那個端午節的黃昏裡，色陽並不曾和王本爭執，只自艾自怨流下大把辛酸的眼淚。

生活明顯地開始困難起來，虧蝕了做香囊花費的成本，再少掉賣後的盈餘，雖然王本盡可能找更多零工，一時仍難恢復過來。往後幾個月，色陽必得典當起東西，以維繫日常必須的生活。

色陽於是考慮到工廠工作。由在紗廠上工的鄰居女孩口中，色陽詫異地得知，小小鹿城裡，居然存有那許多各式小型工廠。紗廠、紡織廠、鐵工廠、電子工廠，及做各種零星物件，抑或零食的小廠。但它們卻只吸取未成年童工以及女工，鮮有願意僱用上年紀的。色陽好不容易在一家鐵工廠找到一份裝鐵鎚柄的工作，沒幾天，受不住機器巨大的嘈雜，只有辭退了。

往後色陽四處找尋各種小手藝工，有時用尼龍線編籃子，或縫合毛線衣，但都不是長期的工作，而且從事的人太多，並不太常有機會。生活只有隨王本時好時壞的散工沉浮，色陽不禁很懷想以往做香囊收入固定安穩的時日，但也深知那日子將永不會再回來。

唯一的安慰只寄望於八月十五的花燈。色陽很費周章地借到一小筆錢，買來必須的材料，和王本利用閒暇趕工。為了節省用電，於是每個黃昏裡，色陽又坐在日茂祖屋前的竹椅上，就著落日餘暉，糊貼各種形象的花燈。

色陽可大略地預知到，糊花燈恐怕也持續不長久，但再搶一兩年該沒有問題

——可是就在那年秋天，市面上掛出大批塑膠的花燈。一式的船、飛機，一個模子印出的圓燈，統一塑膠特有的凝紅顏色，完全一致的花紋、色彩、大小。它以其較紙燈不易撕破和焚毀，雖然價格並不十分的低廉，仍奪取了大部分的顧客。

那年中秋色陽只賣了幾只關刀燈、飛機和一頭鳥，買的是鹿城幾個知名首富的太太，她們嫌棄塑膠花燈粗陋，沒有紙燈的情趣。

中秋夜裡，王本依然像往常天黑後才回家，早昇的月已出現在遠方的夜空，各處俱是無盡的輝華。色陽在一片眼淚哭泣聲中，由遲歸開始為由，蓄意和王本有一番劇烈的爭吵。

她怨嘆自從和他一起，從沒好日子過，這些年來，做牛馬拖磨，可是，連個孩子也沒有，無指無望。如今他又這般待她，連節日都不早回家，只顧自己消遣，留她和那許多花燈無法處理，往後的生活更不知要指望誰。王本始終不發一語，只蹲在屋角一堆堆未點燃的各色花燈前，瘦小的身子在不明的燈光下，彷彿傍依著紙糊假山邊一頭裝飾的小走獸。

直到色陽數落到已顯倦怠，也罵盡許多難堪字眼，只餘下偶爾抽搐的哭聲，王本才站起身來，抓起一件衣服朝外走。已漸平息的色陽，驚恐王本外出，更為他如此不在意她的舉動再被激怒，憤然挺起腰身，一手指向王本鼻尖，恨聲說：

「你去和你那些野狗一起，去和野狗作伴，永遠不要回來，永遠不要想再踏入家門。」

說完後一霎時彼此都不能清楚到底發生些什麼，只有相對愣站著。然後，當王本曉悟到話中的語意，突然快速舉起手，用盡全力，打向色陽前伸的手臂，大步奪門而出。

各處俱是中秋夜特有的那種耀華而清澈的光芒，如水鑽透亮，卻過度亮麗得反顯淒寂，澄澄的一片花白，罩著四處，沉凝得透不過一口氣。

街上盡是觀月的行人與提燈的孩童，越離市區，也越少人群。當來到海邊，王本面對的就只是一天耀白月光及一片蒼茫淤塞的黑褐泥地，相互綿延在盡頭的地平線交接處，成一道中間顏色的灰黑。遠遠的，海水拍擊的隆隆聲尚清晰可聞。

王本在已廢棄殘破了的堤岸上蜷縮著腿坐下，沉沉地望向前方。海潮聲規則地湧上退下，毫不間斷，毫無止息，而多少的前塵舊夢，都只如同出現在這當中，來了又去，去了又來。

有四十幾年，幾乎每個黃昏，他總會到這裡，縮著腿坐在土堤上。四十幾年前，甚至未漲潮，海水都能到達離土堤三、四尺遠，那時候，他坐在堤上，將懷中的包子一個個朝在下面的野狗群裡丟，看著牠們驚恐於逐漸湧上潮漲時的波濤，卻又仍相互撕奪爭食。

這如許多年，他重複著十來歲偶在海邊興發所作的舉動，很少間斷。最初，朋友們譏諷這行為，可是他毫不在意，也不覺得、甚至不知道要解釋，只日復一日延續成一種生活中的習慣，於是慢慢地，談論的人減少了，最後甚至不再有人提及。

在全然不曾思想及這作為任何意義的情形下，他任它持連了自己都不很清楚的一段時間，然後，當這個中秋夜，坐在土堤上，不遠處海浪反覆地翻湧著，他第一次清楚已有那許多年歲過去。

他是坐在堤岸上，坐了四十幾年，眼看著泥沙淤塞了港口，以往靠船業的繁華成為過去，他也坐在堤岸上，等了四十幾年，等著相當的一份家產花費精光。他可說是在海邊堤岸上歷經了他的一生青春，歷經了各種繁榮事故和變遷，而或還可以說，他也在堤上坐忘躲避了整整四十幾年。而這一切緣由著他從來沒有機會被教導去分析思考，只是輕易地如同退下的浪潮般讓日子過去。

如果不是色陽，他或將永遠不會想到他已在海邊的土堤上坐去了大半生。他仍會繼續在每個黃昏，來到海邊，繼續居高看野狗爭食，直到有一天老死。可是，色陽是提及了它。

他終於明白何以色陽會如此嫌惡它，也知覺從第一次坐在這海邊，他已遠遠地離棄了許多東西，離棄了許多自他年輕到甚至此時都需要做的事，他於是想起色陽一貫的溫純，相處這許多年來她獨力在變動中維持這個家的好，淚水潸潸從他眼角垂落。

在哭泣中他坐了不知有多少時間，只是漸升的明月越顯輝耀，四處俱是一片異樣沉凝的亮白，當他起身準備離去時，熟悉的土堤與海灘，突然以往常不曾有過一種新的姿勢閃現過他的腦際，一時，恍惚中，他感覺他並不曾在這堤上坐了四十幾年，事實上，也許什麼事都不曾真正發生，沒有什麼曾經有所改變，也不是已有四十幾年過去，他只不過是在堤上坐了一瞬間，從他年輕時第一次到這裡，到此刻他要走開，真的，一切都只發生在一瞬間。

王本輕輕地笑了起來。

他於是知道下個黃昏，他將不會再到這海灘。

也許這就是古來傳說中滄海桑田的神話，並不神奇，也沒有什麼特殊，只是一個人，不求解釋地做了一件也許不可解的事，任其相同地持連了四十幾年，在這當中，他歷經世事，也在他眼下，滄海由於泥沙淤塞，逐漸要轉成如傳說中的桑田，而某個時刻，他突然意識到這持長的時間事實上也許只是一瞬，於此瞬間，他的確看到了滄海轉成桑田，於是，形成此人所有的一切都已不再重要，也不值得提及。

誰又能說，這不是一個滄海桑田的神話？

出海捕魚的漁人們第二天清晨發現王本的屍體蜷縮在堤岸下，沒有人知道確實的死因。

一夜未睡的色陽得知消息後，好似已事先料到，出乎意料地木然沉靜，在日茂祖屋前的竹椅上，定定地坐了一整天。

她只不過是說出一句隱忍了二十餘年的話，也許還只是一句不甚重要的話，但甚至在這樣小小的鹿城裡，這樣的一對夫妻間，都承受不起。事實上，什麼是因？什麼又是果？而整個世界化形在鹿城生活上的變遷，又曾怎樣加諸於她身上來導致這樣的結果？然而這一切或都不重要，重要的是她知道是她自己無可避免的說到它，既已無從挽回，她也只有承受它。

所以色陽只定定地在日茂祖屋前坐了一整天，黃昏後，色陽點燃起屋內所有的花燈，一片搖曳的紅燭輕柔紅光輝映在她臉上，看來彷彿十分幸福。

「我要紅白相間的這個。」

五月清甜的和風，翻帶起站於臨南門市場馬路邊女孩短短的髮梢及裙襬。瘦長個子戴眼鏡的男孩，一手摟住她略嫌削薄的肩，空出的左手從長竹桿架上取下一個紅白相間絲線紮成的六角形粽子香囊。

女孩接過來，湊向鼻尖深聞一下，微笑地摟住男孩的腰，一路走，一路絮絮地說：

「小時候我家後面不遠住著一個女人，很會做香囊，每逢端午節，她總會送我一大把。她很和氣，有一張圓圓的臉，皮膚好白，我還記得她常穿旗袍，有滾邊的那種。可是我媽卻不喜歡我到她家玩。」

女孩饒富興致地一口氣說下去，但說到末句，不免有些黯然，男孩因而溫和地問：

「為什麼呢？」

「因為，」女孩稍愣住了，然後，突然想到什麼似地急忙說：「因為，我現在知道了，因為她是一個藝旦。」

「藝旦？」

「就是也賣唱的那種妓女。」

當妓女兩字順口說出後，李素自己也深深怔住了，不覺站定。

以往在鹿城，她從來不曾刻意想到色陽是一個妓女，偶聽人談及，也從不明白妓女這兩字對色陽的意義。色陽是作文中偶會提及有關五月節美好的回憶，妓女則完全只是另一個名詞，她們兩者絕不相關。可是，在臨近五月節的這天，回答了問話後，李素一下知覺到她們間相關連的意義。慌亂與詫異中，李素抬起頭來，看到的是擁雜紛亂滿是車輛與行人的臺北市街。

新舊

李伯先是李素大哥的第一個孩子，是長孫。依據鹿城風俗，將來祖父母過世，在葬禮的回程中，長孫得捧著放牌位的斗，坐在「魂轎」裡將死者魂魄牽引回家。還沒出生，做祖父的早想好了名字，為表示長幼秩序，長孫名字必得嵌有「伯」字，將來次孫則用「仲」字。有這樣的前提，幾經考慮，於是定名為伯先。當初命名時女孩子是不被考慮在內的，就沒取女孩名字，生下來後果真是個男孩，也沒增添什麼困擾。伯先出世不久，學商的李素大哥學以致用地在鹿城開起小型的加工廠，專做以木頭或藤編成的小擺設、裝飾用品。原只委託臺北的大貿易公司外銷，慢慢做成了規模，加上六〇年代本島外銷產品的巔峰景氣時期，沒多久便自己開設貿易公司，自產自銷，原被看不起的不值錢的小東西，開始替李家攢得相當豐厚的資本。

為便利運送貨品，不久後也買了車，是可以送貨兼載人的速霸陸，所以伯先小時候，偶爾做父親的興起，也會開著車載他出去兜風。當然，家裡的電視機，也由十九吋黑白的，換成廿一吋日本廠商在臺裝配的彩色電視機，所以當伯先開始看電視時，畫面上大力水手卜派的卡通影集已是彩色的了。

同其時鹿城鎮上有些家裡的孩子一樣，李伯先五歲時進了教會辦的幼稚園。李家有一長段時間沒有小孩入學，自然特別慎重。關於學校，倒沒什麼好選擇，鹿城就此一家幼稚園，況且是教會辦的，大致上也願意信任。

開始上課，起初由家長帶著去，李素的大嫂新近又增了一個男孩，加上伯先下面的一個妹妹，兩個小孩在家夠忙的，就由李素母親帶著孫兒去上課，陪伴了幾天後，要伯先自己坐娃娃車，李伯先卻說什麼也不肯，哭鬧了一個上午，自然課也沒上成。

晚上吃飯，伯先不肯上學的事，成了討論的中心。祖父母的意見是孩子還小，晚一年再上幼稚園，也沒什麼不可以；李素大哥卻堅持小孩必須受到鍛鍊，不能任著只同家裡的妹妹玩，會導致越來越孤僻不合群。李素大嫂一向是不太表示意見的，最後決定等隔天看伯先的反應，再做定奪。

接續下來幾天，李伯先仍沒有祖母陪同就不肯上學，以致做父親的生了氣難得地打了他，可是仍不見改進。家中的女人們商議得的辦法是祖母仍陪著上學，只是瞞著李素大哥，如此也相安了近一個月。逐漸地，李伯先在幼稚園裡有了小玩伴，肯自己上學，祖母才不再每天相陪。這件事李素大哥自然不會不知道，只因終究是完滿解決，不願說破就是了。

在李伯先開始迫不及待地等著上幼稚園不久後，家裡傳出小孩清稚的乳音唱「小毛驢」、「妹妹背著洋娃娃」、「與主同在」。並且李伯先從老師、小朋友處很快地學會國語，再回來教祖母臺灣話的「狗」，國語叫「小狗狗」。有一回，還為小孩唸不清楚「耶穌」的發音，家裡全沒人聽得懂，哭紅了李伯先的眼睛。

第二年升上幼稚園大班，李伯先開始學習簡單的算術，就常喜歡膩在李素房裡，要李素出題考他，再扳著肥圓的小指頭加減。有天夜裡，伯先在李素房裡磨蹭許久，李素忙著準備隔天的模擬考，要他找妹妹玩，卻半天叫不動，才發現孩子臉上滿是憂愁。追問下伯先迷惑不解地告訴李素：老師說有一個上帝，和他的兒子耶穌，是我們在天上的爸爸。

「可是，」六歲的小孩仰起微皺著眉的臉問：「我不是已經有一個爸爸了嗎？」

李素極為小心地解釋，卻無從化解小孩的疑惑，最後只好歸之為一個超自然的王國裡發生的事情，伯先倒似懂非懂地連連點頭。

之後，李素發現伯先對想像的世界相當敏銳，比如說他極怕鬼，告訴他諸多鹿城有關的傳說，某個陰暗巷道過去曾有怎樣形象的鬼出現，常要使他好久不願路經那地方，甚至白天有大人陪同著。更不用說鹿城還保留的深夜聚合各方神祇出來遊行驅鬼的「夜訪」，遊行隊伍裡一定有的黑白無常，常使伯先驚嚇得大聲哭叫起來，然而他又極喜歡偷偷躲在門縫後偷看。

家裡不久就禁止李素再講鬼故事，特別是發生在鹿城的鬼故事給伯先聽，也不要李素再帶伯先到廟裡玩。那時節，鹿城的諸多迎神賽會，已被一些自以為開明的家庭視為愚蠢與迷信，只有混不到生活的與羅漢腳才會去參與。李素的父親早年就曾以一個鎮公所辦事人員的市鎮知識分子極力反對過，自然不願意長孫進出廟裡。李素大哥則是希望伯先能同其他男孩玩在一起，伯先當年不肯自己上幼稚園的事仍被深深記著，李素大哥總喜歡強調伯先要有奮鬥的精神。

對於這些阻止，李素自然答應，特別是做祖母的擔心著廟裡的神像要嚇著伯先。只偶爾，李素仍會禁不起伯先的要求，帶他到臨近一個小王爺廟，去看供桌下一隻泥塑上漆的黃斑老虎。那老虎也被當神供奉，面前有個香爐，廟祝按時上香。伯先對廟裡祭拜的神像並不感興趣，就喜愛這隻在陰暗處被香煙繚繞的老虎，常蹲著與老虎對視，一蹲就是半天，極不容易才勸得回家。

之後，李素於伯先讀小學四年級那年，考上大學離家到臺北求學，當然不再有機會講鬼故事、一起去廟裡看老虎。但隨著李素發現了伯先對故事書幾近乎貪婪的喜愛，也開始有能力閱讀比較多文字描述的故事。李素原只寄些童年喜歡過的《格林童話》、《安徒生童話》回家，不久即發現伯先對自己當年沉迷一時的王子、公主並不特別感興趣。李素想伯先無論如何是個男孩，於是改寄一些自然、科學的兒童叢書，伯先迫切地一一閱讀。但後來李素發現最令伯先著迷的，卻是改寫過的《封神榜》、《西遊記》一類的書籍。

特別是《西遊記》，伯先對它的狂熱，簡直使李素吃驚，他不只一次次閱讀李素寄回的書，還不知哪裡弄來一本改寫給青少年看的讀本，藉著有注音符號，費勁地去讀。那年暑假李素自臺北回家，就被伯先纏著天天講西遊記。李素從簡單的改寫讀本講起，逐漸用的讀本越來越深，講了一次又一次，伯先仍不覺厭倦，最後李素只有到鹿城一家書店買來施耐庵的足本《西遊記》，邊看邊講給伯先聽。那假期裡伯先幾乎天天能聽得到《西遊記》的故事，李素也藉此機會首次讀完此書。

李素再有長假期回家，伯先已要升六年級，本可以直上國中，但家中一致希望能考私立中學，因此請來老師在家補習。李素的父親甚且為長孫大致擬好了求學的程序：先上私立中學，再考北部的名高中，將來最終目標是做個醫生。能考上臺大醫學院當然最好，要不然也要上北醫或高醫。李素父親一直自責於不曾學醫，當年讀書時的同學有較自己成績差的，都能取得醫師執照，在鹿城開業儼然成為地方上仕紳，只有自己做了一輩子鎮公所的辦事人員，雖然長子未能替自己達成多年的願望，但總還有伯先可以寄望。

至於李素大哥，則並不一定要伯先當醫生，以他這許多年來的從商經驗，他相信醫生不再是市鎮上少數能攢取財富與地位的職業，而且它的重要性還可能會逐漸地為大型的企業家所取代。他要伯先能自由發展，將來如果有興趣從商，當然也沒有什麼不好，不過，基礎上的教育一定是要有的。

既然家裡對伯先最始初的教育要求是一致的，那暑假裡，伯先即有專門的老師來補習算術與國語，還得做學校規定的作業，少許的課餘時間則同弟弟及鄰近男孩玩在一起，李素第一次發現，伯先似乎不再是以往那個會要到廟裡看老虎、怕鬼的小男孩。

只有一回，伯先突然興起，拿出《西遊記》要李素講給他聽，李素充滿興致地開始，但只片刻，即為李素的父親發現並過來阻止，認為伯先將要參加升學考試，不宜把時間浪費在這些無謂的故事書上。李素自然只有答應著。

國小畢業，伯先順利考上鹿城所轄屬的地方一所最好的私立中學，於是每天搭當地客運汽車通車上學，一段時間後伯先交了些住在市上的新朋友，談論的話題也離不開市上、學校種種。比如伯先就常喜歡說市上有紅綠燈的交通管制，而鹿城則沒有，或者是，市上到處有高樓建築，而鹿城只在唯一的大街上有二、三層樓的樓房。

那年寒假李素回家看到理小平頭，穿初中制服，好似突地拔高許多的伯先，的確略微吃驚。特別是伯先帶著弟弟，每天必看電視卡通「科學小飛俠」、「無敵鐵金剛」，彩色電視畫面上光怪陸離的科學儀器、打鬥，成了孩子們的日課，而且家裡也把這個當成孩子們的娛樂，只要是做完功課再看，從不曾加以阻止。

伯先還能邊做功課，邊唱「飛呀！飛呀！小飛俠」，新數學的習題，卻一點不會弄錯，李素只有莞爾了。更讓李素驚奇的是遊戲中，伯先和他的玩伴們相互扮演卡通影片的劇中人物，「金剛飛刀！殺」、「金剛閃電」的大肆殺伐。李素只有想，新一代看電視長大的孩子，大概有他們自己活動的韻律吧！

此外，伯先對機器也顯現出十分濃厚的興趣。除了早年為運送貨品而買的速霸陸，李素大哥近來也隨著鹿城一些商場上的人，買了一輛福特公司在臺灣設廠製造的「跑天下」，開起自用的轎車。伯先對父親的車子可說珍愛異常，大部分的擦拭工作都由他在做，並且沒多久就悉數弄清楚「排檔」、「油門」、「離合器」等等名詞，還要求一等滿法定十八歲年齡，就由父親教開車。

作父親的無可無不可地答應著，倒是祖父母以為太危險，堅持不肯，待看到伯先如此失望，想時間反正還早，也沒把話說僵，僅答應等伯先稍長，可以讓他學開家中祖父騎的一部山葉機車。

不說對機車，就是家中有年夏天在客廳裝置的冷氣機，伯先也極感興趣，絕不錯過一點有關這方面的知識。一向學文，對機械全然沒有概念的李素，逐漸地更不知道同伯先談些什麼了。

而後在李素大四即將畢業那年，活過九十高齡的外祖母病逝了。據說一向硬朗好動的外祖母死前還拄著拐杖到鄰家閒話，突然感到不適後，在床上躺不到一個星期即安然過世。由於死者活過那般高齡，又有了第五代內孫，家族裡哀傷是哀傷，但總也心安著老人家走得無憾而且毫無痛苦，縫製第五代玄孫喪禮穿的紅衣服，不免沾著點喜氣。

李素沒趕得及見外祖母最後一面，葬禮很快安排就緒，學校雖要考試，還是請假回家。那晚上李素要最後一次去參拜靈堂，伯先說他也要去，兩人於是相伴出發。

是早春，湛湛春寒特別在夜間，靠海的鹿城風尤其凜冽，吹過彎曲的巷道呼呼有聲，兩人拉起衣領快步疾走，大部分住家早關上門，只有市街上才有零星人影。倒是來到設置靈堂的李素大舅家，燈火通明聚集著不少商議喪事的人們，紛紛忙碌著。

上過香，兩人一起轉到靈堂旁空地，去看一座紙糊成準備隔天一早燒給死者在陰間享用的大厝。那大厝沿襲舊時格局，門開五間有三進，巍巍聳立，經兩旁特別安置的日光燈一映照，更清楚可見四處雕樑畫棟，極盡人間所能想像出的富麗。

伯先對大厝本身不感興趣，倒是屋裡的擺設、僕從、家具很令他好奇，一會告訴李素堂屋裡擺著沙發，一會指給李素看紙糊的冰箱、電視機，再笑著說：

「曾祖母以前老弄不懂電視是怎麼回事，到陰間不知要如何看電視。」

還接下道：

「不知陰間看電視，看得到『科學小飛俠』嗎？」

李素禁不住笑了起來。

伯先接著審視起停在大厝門口的幾輛轎車，突然語氣中含著焦慮地急遽問：

「姑姑，曾祖母從沒弄過汽車，在陰間，怎麼來開這些車呢？」

李素一時也不知怎麼回答，不覺湊上前去，仔細打量那幾輛轎車，大概只有半尺來長的紙糊車子，方向盤、座椅倒是齊全，駕駛座上還坐了個也是紙糊的小人，雙手搭在方向盤上。

「別擔心，曾祖母不用自己開車，有車伕呢！」李素和樂地說，指給伯先看那小小紙人。

找到答案後伯先才顯滿意，轉去看大厝其他部分。兩人對那大厝指指點點，恍惚間，李素想起當伯先小時候，一起到廟裡去看供桌下黃斑老虎的種種，隨口問起伯先還記不記得這回事。伯先想想，微現扭怩，有一會才回道：

「泥老虎有什麼好看，那時候真是小孩子，才做那種事。」

伯先的口氣不免使李素再度微微笑了。

回家的路上，兩人又把衣領高高豎起，有一搭沒一搭地聊著，臨近家門，伯先突然慢下腳步，怯怯地說：

「姑姑，我問妳一件事好嗎？」

「好啊！」李素微微詫異：「什麼事？」

「妳不笑我？」

「不笑。」李素語氣溫和鼓勵地說。

伯先停一會，才又道：

「外曾祖父很久很久以前就死了，是嗎？」

「大概死了……五十幾年了吧！」李素回答。

「現在外曾祖母也死了，她和外曾祖父照說會在陰間見面的，是不是，姑姑？」

李素點點頭。

「我在想，」伯先慎重地說：「外曾祖父那麼早就死了，他那時候沒有電視機，又沒冰箱、汽車，可是外曾祖母多活了好多年，看到好多事，現在他們在陰間碰面了，如果要談話，不知怎麼談呢！」伯先又回復怯怯語氣，「姑姑，我的意思是，如果外曾祖母要同外曾祖父談電視、汽車、火車、原子彈，外曾祖父又沒見過，怎麼聽得懂呢？」

李素伸過手去摟住伯先的肩膀，才發現成長中的男孩子，已快同她一般身高。早春夜間鹿城的空氣仍然寒涼，尤其四處俱已沉睡更顯沉寂，可是站定深深吸一口氣，卻又彷若已有著一絲春的暖意。

站在鹿城黑暗的巷道中，李素想著要怎樣回答這個問題。

輯二

殺夫

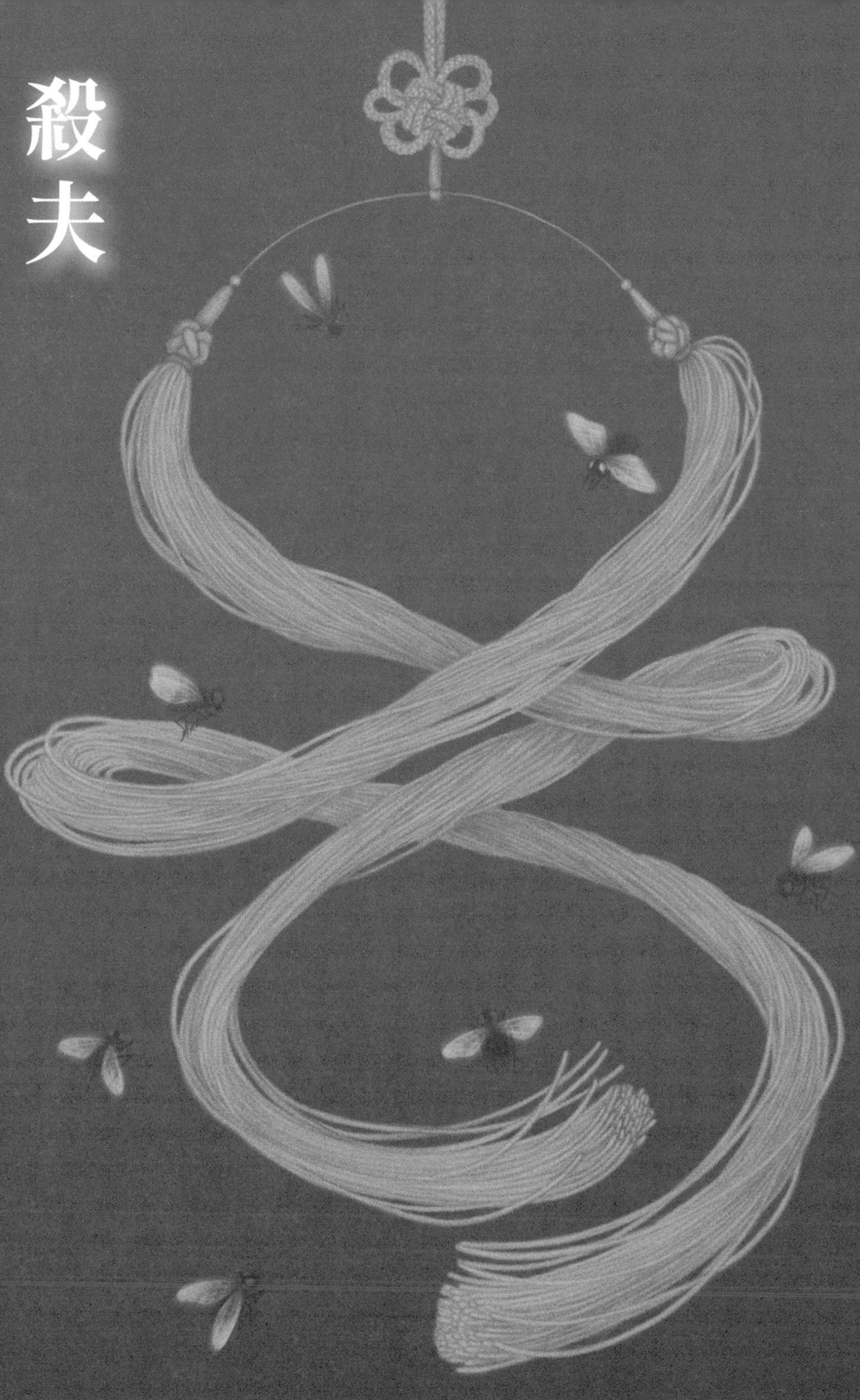

幾則新聞

××年×月×日訊。

一對住鹿城北角陳厝的夫婦，男陳江水，四十多歲，以殺豬為業，妻陳林市，年二十餘。×日陳林市突然以丈夫殺豬用的屠刀，謀害親夫，肢解屍體，將屍體斬為八塊，裝置藤箱中企圖滅屍，幸賴隔鄰警覺，及時發現報警。

問何以殺夫，陳林市回答，丈夫對她太凶狠殘暴，每日喝酒賭博，回來打罵她作樂。知道她害怕見人殺生，還強帶她至屠場觀其殺豬。事發之日，丈夫帶回來一把屠刀，狀極凶惡，恐不利於她，天亮俟丈夫熟睡後，她即以所見的屠宰方法，將丈夫像殺豬一樣地肢解了。想他一生殘害豬隻不計其數，也算替生靈報仇。

按陳林市供詞，於情於理皆不合。自古以來，有道無奸不成殺，陳林市之殺夫，必有奸夫在後指使，有待有關當局嚴查。又有謂陳林市神經有病，久看丈夫殺豬，得一種幻想恐懼病而至殺夫。但謀殺親夫乃是社會道德問題，豈能以神經患病為由加以恕宥，還待當局嚴加辦理此案，以息輿論，以匡社會風氣。

轟動一時的陳林市謀殺親夫一案，雖查不出奸夫，但以陳林市逆倫，罪大惡極，判決監候槍斃，昨已送進臺南府大牢。為應社會輿論、民俗國情，在送大牢前特將陳林市綁在送貨卡車上，由八名刑警監押，另一人打鑼遊街。陳林市所到，真是人山人海，萬人空巷。然有觀者稱惜，謂陳林市既不美貌，又不曾看到奸夫，遊街因而不十分好看。

然將謀害親夫之淫婦遊街示眾，有匡正社會風氣之效，故此次陳林市之遊街，雖少奸夫仍屬必須。相信婦輩看了能引以為戒，不致去學習洋人婦女要求什麼婦女平權、上洋學堂，實際上卻是外出拋頭露面，不守婦戒，毀我千年婦女名訓。

寄望這次遊街，可使有心人士出力挽救日愈低落的婦德。

1

陳林市謀殺親夫這件事，在鹿城喧嚷了許久。儘管報紙與辦案人員強調奸夫指使，整個鹿城卻私下傳言，是林市的阿母回來報復的一段冤孽。

林市的祖父，在鹿城原有一點資產，還是教私塾的「讀書人」，到林市父親這一代，由於染上肺結核，不識躬耕，以致把一點田產看病吃藥花費殆盡，留下九歲的林市與當時還不到三十歲的林市母親。

寡母孤兒，加上孤兒又不是個傳宗接代的兒子，林市的叔叔以未亡人一定會改嫁為由，侵占了林市和阿母最後的一間瓦屋。

母女倆白天流落街頭，撿破爛、做點零工維生，晚上則潛回林家的祠堂過夜。雖說是祠堂，也不過是一幢殘破的合院，當年林家這一族興旺時興蓋的，原相當具規模，殘舊後，可以拿得走的材料，早到了林家其他的房子上，沒拆走的，只剩幾隻一人合抱的大柱子和屋頂上一點瓦塊。

甚至住這祠堂，林家都有人抗議，但看林市阿母許久不曾有所謂敗壞門風的舉動，林氏族人也以幫助寡母孤兒為由，讓母女倆住下。

風波起在有年冬天，是個打仗的年頭。誰打誰對一般小老百姓並不重要，造成影響的是兵荒馬亂田裡收成不好，還不時有散兵餘勇流入小鄉鎮。林市與阿母沒得零工做，大半處在飢餓邊緣。

近除夕的一個冬夜，天是幾年難見的徹骨冰寒，卻有一輪炫亮異常的大滿月。林市到鄰近小土丘上拾一點樹枝回來當柴燒，冬天的黃昏特別短，一晃眼，就是個荒涼的夜，近海的鹿城還漫天颳起尖硬的海風，聒噪呼嚕地響遍大街小巷。

林市在耀亮的月光下回轉家，遠遠看見一個著軍裝的長身男子潛入祠堂。猛烈的風吹翻男子破損的軍帽邊緣，露出一張年輕、有疤痕的臉，也吹起散亂的綁腿灰色布帶飄搖。

其時已十三歲的林市懂得可能的危險，站定一會稍思慮，立即想到就近到叔叔家中求救。待在那酷寒的夜裡奔跑，心裡又十分害怕，才跌跌撞撞地盡絆倒，來到叔叔家，支吾著話都講不齊全。

是個軍人，叔叔十分警覺，聚集了五、六個族人和鄰居才趕向祠堂，為怕驚動那軍服男子，一行人誰也不敢張聲，潛行到廂房門前，從破了的窗格子，就著亮白的月光，林市清楚看到阿母身上壓著的那軍服男子，他的下半身衣褲褪盡，只剩下一截零散的灰色綁腿堆在腳踝處。然後林市看到被壓的阿母，阿母的那張臉，衰瘦臉上有著鮮明的紅艷顏色及貪婪的煥發神情。

阿母嘴裡正啃著一個白飯團，手上還抓著一團。已狠狠的塞滿白飯的嘴巴，隨著阿母唧唧哼哼的出聲，嚼過的白顏色米粒混著口水，滴淌滿半邊面頰，還順勢流到脖子及衣襟。那軍服男子被拉起時，有一會顯然並不知道發生什麼事情。叔叔看他身上全無武器，踹起一腳，猛踢向他下部，那長身的軍服男子摀住那地方，霎時間垮倒下去。

而做母親的仍持留原先的姿勢躺在那裡，褲子褪至膝蓋，上身衣服高高拉起，嘴裡仍不停地咀嚼著。直至林市跑向她身邊，做母親的拉住林市的手，才嚎啕大哭起來，斷續地說她餓了，好幾天她只吃一點番薯籤煮豬菜，她從沒有吃飽。

族人和鄰居將兩人就近分別綁在兩隻祠堂的大柱子上，不久召集來更多的族人與圍攏一大群人，商討如何處置。林市的阿母這時不再哭泣，說來說去也是那幾句話：她實在餓了，幾天來只吃番薯籤和豬菜，那軍服男子拿兩個白飯糰給她，她實在太餓了，她不知道會發生什麼。

那軍服男子則始終頹散地看著前方，茫茫地不知是否在想，也一逕不開口。他還很年輕，如果不是一道從眉眼處直延伸到下顎的疤痕，算得上是個清俊的漢子。

翻翻吵吵很一陣子，仍沒達成任何結果。林氏有老族人提說奸夫淫婦理當要繫在大石頭上沉江，但馬上說這只是古禮；有人也立即小心提醒：那軍服男子不知來自哪個兵團，以後怕不好交代。

最後林氏有個極愛排道理的叔公，藉機編排說林市阿母畢竟是被迫，不比一般奸夫淫婦，罪不該至此。林市的叔叔，這時居然排開眾人，站到軍服男子前，劈啪甩他兩個耳光，再拍著胸脯講他林家怎樣也是個詩書世家，林市阿母如有廉恥，應該不惜一切抵抗成為一個烈女，如此他們甚且會願意替她蓋一座貞節牌坊。

不知什麼緣故，一夥人聽到貞節牌坊，竟齊聲轟笑了起來。再過一會，眾人看無甚趣事，天又晚了，紛紛散去。

看眾人散了，族裡的老人要有所決定，給林市叔叔一個眼色，林市叔叔只有讓族人把林市帶回家，說是不能沾汙他們林家骨血。林市臨離去，一直喃喃只有幾句話說的阿母，竟搶天呼地地大哭起來。林市看了眼阿母，被綁在柱上的阿母雖然衣衫凌亂，卻毫無撕扯的破損，而且阿母顯然由於不再有衣服，那天穿的是一件完整的紅色新衣，有些地方還明顯可見褶痕。林市記得，那衣服是阿母的嫁衣，一向壓在箱底。

阿母一身紅衣被綑梆在祠堂一人合抱的大柱子上，是林市對母親的最後一個記憶。隔天早晨醒來，林市就不曾再見到阿母。林市往後斷續聽來不同的傳言，有的說阿母在夜裡被沉江；有的說阿母同那軍服男子，被責打一頓後，趕出鹿城，永遠不許回轉；有的則說是阿母選擇與那軍服男子私奔。

林市則在族裡父老的安排下住進叔叔家，事實上也即是林市父親未過世前的那間瓦房。回到原來住家的林市並不曾有任何改變，那幾年兵災連連，雖未直接波及鹿城，也四處紛擾不定，加上收成不好，嬸嬸又長年臥病在床，林市裡裡外外做盡各種苦差事，仍難得吃飽。

卻也在這幾年間，林市長大或為一個瘦長身子的女人，她有的是阿母一張長臉，長手長腳再加上營養不良身子發育不全，就像個木板刨成的人兒。叔叔家鄰近婦女間曾有個傳聞：林市那樣瘦平身板，就是因為來潮得大晚。

這類女性身體的變化，原是隱私中由母、姊教給下面年幼的女孩，林市的來潮在四鄰婦女中造成幾近公開的笑談，婦人們以為是林市的過度喧嚷。人們體諒林市沒有阿母在身旁，慌張一定難免，但嘲笑林市躺在地上，大聲喊叫：我在流血，我要死了。

隨著來潮的事情剛鬧完，林市開始見到人就同人講她最近做的夢，那夢有一定的開頭，總是：你看過柱子吧！我不是說普通柱子，是有一人合抱的大柱子，像我們祠堂有的那種柱子。

接下來的夢境，是幾隻高得直聳入雲的大柱子，直插入一片墨色的漆黑裡不知所終，突然間，一陣雷鳴由遠而近，轟轟直來，接著轟隆一聲大響，不見火焰燃燒，那些柱子片時裡全成焦黑，卻仍直挺挺地挺立在那裡，許久許久，才有濃紅顏色的血，從焦黑的柱子裂縫，逐漸地滲了出來。

這夢原沒什麼離奇，加上林市一再複述，四鄰很快聽厭了，往後每俟林市一開口，就直截說：又是妳的夢，我不聽。沒一陣子，林市少了聽眾，也不再繼續說她的夢。她成為一個沉默的婦人，經常從工作中揚起她那張長臉，沉沉地不知想些什麼。

林市的不言語久了後被認為是思春，四鄰以為只有思春才會有那般恍惚的神情，愣愣怔怔地一勁瞧著男人。有年輕小伙子就形容他怎樣給瞧得好似要被吞下似的。一向伺機要從林市身上有所獲得的叔叔，礙於族人面子幾次沒將林市賣成給販子，這時除了大聲張揚林市同她阿母一樣等不及要讓人幹外，也趕著替林市物色人家。

最後決定的是鄰近陳厝的一個殺豬人家，四十歲的屠夫陳江水孑然一身，至今沒有人把女兒許給他，相傳是陳江水屠宰數十年，殺害生靈無數，每個夜裡都有豬仔到他門口嚎叫。此外，「後車路」的女人也盛傳，陳江水一到，每每把女人整治得殺豬般尖叫。這些緣由，使陳江水博得一個外號：殺豬仔陳，久了後，少人記得他叫陳江水。

這場婚姻由於陳江水一向聲譽不佳，雙方年歲又差別太大，林市叔叔勢必會被傳說收受好處，最盛行的說法是：殺豬仔陳每十天半月，就得送一斤豬肉。這種現拿現吃，在物資普遍缺乏的其時，遠遠好過其他方式的聘禮，無怪四鄰羨艷的說，林市身上沒幾兩肉，卻能換得整斤整兩的豬肉，真福氣。

當然，另外的說法也不是沒有，有人就說，殺豬仔陳只是個以殺豬為業的屠夫，並不是設攤賣豬肉的，要豬肉，還輪不到他。

不管怎樣，林市是嫁了。幾件換洗衣服打成小包，挽在手上走過黑貓橋，過橋下一丈多寬的黑貓圳，就是陳厝，陳江水的家遠些，在陳厝的盡端，遠遠都可見到海。

入門的時間是午後，林市做了半天低頭新娘。還好陳厝屬鹿城外的郊野，規矩不嚴，一個臨時拉來充數的媒人婆還得下廚房，林市因此沒什麼困難的瞧遍陳江水。五短身材，挺著不小的肚子，脂肪十分豐厚似的，連帶走路有點外八，理的是三分頭，看得分明後腦袋平平地向下削，彷彿少了個後腦勺。五官倒沒什麼異樣，一雙小眼睛沉沉陷到眼眶周圍浮腫的肉裡，林市後來聽說，這種眼睛就是豬眼，注定要與豬仔有牽連。

晚間照例開喜宴，除了叔叔一家與陳江水幾個近鄰、朋友，沒什麼賀客，兩、三桌客人不一會吃罷喜酒，紛紛散去。那天裡林市沒得什麼吃喝，原還暗自慶幸客人散得早，沒料到陳江水幾個殺豬朋友，留下大碗大碗地拚酒，逕自直鬧到深夜。林市在房內，隔著一層布帘聽外頭吃喝吆喝，歷歷清楚，越發飢腸轆轆，強行忍住待那幾個朋友散盡，疲倦加上飢餓，林市已有幾分虛脫感覺。

饒是這樣，喝醉酒的陳江水要履行作丈夫的義務，仍使得林市用盡殘餘的精力，連聲慘叫。叫聲由於持續不斷，據四鄰說，人們聽伴隨在夜風咻咻聲中的林市乾嚎，恍惚還以為又是豬嚎呢！

待靜止下來，林市幾乎昏死過去，陳江水倒十分老練，忙往林市口中灌酒，被嗆著的林市猛醒過來，仍昏昏沉沉的，兀自只嚷餓。陳江水到廳裡取來一大塊帶皮帶油的豬肉，往林市嘴裡塞，林市滿滿一嘴地嚼吃豬肉，嘰吱吱出聲，肥油還溢出嘴角，串串延滴到下顎、脖子處，油濕膩膩。這時，眼淚也才溢出眼眶，一滾到髮際，方是一陣寒涼。

林市怎樣都料不到，往後她重複過的，就是這樣的生活。

2

作為一個屠夫，陳江水是行內的一把高手。據說他十出頭歲到「豬灶」來打雜後，很快就有操刀的機會。他第一次執刀，握著一尺多狹長的尖嘴刀，一刀插進豬喉嚨，快、狠、準，連手都不曾顫動一下。豬灶的屠夫們叫他「殺豬仔陳」，除了戲謔他整治女人，不無也有稱譽他的一手工夫。

多年的屠宰工作，使陳江水一向有早起的習慣，洞房花燭夜後，仍不例外，三點多鐘天還一片昏黑，陳江水就已起身，看眼昏睡一旁的林市，也不曾叫她，兀自穿戴好，隨身攜了屠刀，到陳厝中心的小市集用早點。

趕早的賣麵茶老人，已來擺好兩張破竹椅，響起一把大水壺，看到陳江水，熱絡地招呼，還不忘惡戲地問：

「女人娶了還來照顧老主顧，捨不得她早起，真是會疼惜。」

陳江水笑罵聲幹，不曾言語，接過麵茶，蹲在地上很快唏哩呼嚕地喝完兩碗，起身穿過陳厝前往豬灶。

豬灶設於鹿城南，在一大片稻田中；有一條小路可以從鹿城聞名的風化區「後車路」直蜿蜒下來，通過稻田再經一片很大的池塘，就是豬灶。電力使用傳到鹿城後，鎮民在附近蓋了一座發電所，可是仍少人跡，加上豬灶附近小路兩旁種植的竹子直撲向路中，擁擠得路面越發陰慘。風大的時間，竹葉一陣窸窸窣窣，襯著月光照射灑落地上的不齊暗影，陰森森的，和鄰近的池塘和豬灶，一直是鹿城傳說中出鬼的地方。

陳江水對這些鬼怪並不顧忌，自從小時候家裡窮吃上這口飯，他和許多殺豬為業的人一樣，認為殺豬殘害生靈要真得下地獄，地面上有什麼鬼怪，也沒什麼可怕，大不了跟著走。

然而，信仰和祭拜仍是必要的，在豬灶的入口處，即有一塊一丈多高的巨石，上面刻著「獸魂碑」三個大字，刻痕還以紅色填染，愈發字跡清楚，石碑前有個香爐，每天香火不斷。除每個月固定的拜拜外，逢七月十五日的普渡和打醮，更有大規模的祭祀。

過獸魂碑，豬灶是棟成L型的磚房，中間一長排通間才是屠宰所在，右方銜接的較小房間，用來做打印和其他用途，屠夫們也大都將私有物放在此處。

陳江水到豬灶，例行的會先到小房間，在這裡主要為換上一雙高筒橡皮鞋，至於圍於身前遮擋用的布兜，陳江水不一定使用。多年的屠宰經驗，陳江水已少有機會任豬血沾染上衣服，倒是屠宰處地面上始終漾著一層水，不穿高筒鞋就十分不便。

收拾停當，陳江水從一道相通的門到屠宰處，一陣熟悉的辛辣腥騷氣味迎面襲來，精神為之一振，陳江水昂起頭，重重地踩著腳步走入屠宰處。

入口右邊一口水井，早有婦人們聚集著打水，幾隻豬仔，四隻腳被緊緊綑綁著躺在地上，周圍四散著幾個男人，由於時間尚早，有一句沒一句地閒搭。除了豬灶的幾個幫工，就是擺肉攤的，他們運來豬仔，不自己屠宰，但也留下來監工。

看到陳江水，紛紛打了招呼，幾個幫工怪聲呼叫，有個住陳厝莊附近的老鄰人，一拳往陳江水下體搗去，笑著大聲問：

「說來聽聽，你女人如何？」

「當然又小又緊，很爽啦，不比『來春閣』金花那個破布袋，進去後空空，底都不知在哪裡。」一個肉攤販子，故意擺了個極正經的臉色，評理似地說。

一夥人轟地大聲笑了起來，一個中年幫工羨艷地說：

「有個女人，免作羅漢腳，有吃有睡，實在是有夠嶄。」

另個怪叫接道：

「嶄什麼，嶄得今日這款沒精沒神又險來不及。」

眾人再度大笑，而陳江水任憑怎樣笑罵，照例不曾回說，只連聲笑罵幹、幹不絕口，但一雙陷在肉裡的小眼睛，早笑瞇成一條線。

好一陣喧鬧，看看時候不早，幫工才不捨地到一旁，兩三人合力將一隻豬仔從地上提起，一聲吆喝，放到磚砌的臺子上。臺子離地有三、四尺高，臺面砌成淺淺的V字型，豬仔一側放上去，皆正好窩在切口處，四隻腳又給綑住，豬仔很難翻過身來，當然也不可能亂竄了。

可是，顯然已預知將會發生什麼的豬仔，這時不僅大聲號叫，還引得地上的豬仔一齊慘號。豬號連聲中，一個幫工突然拔高聲音朝陳江水喊道：

「昨天你女人是不是也這樣叫？」

陳江水這回沒再罵幹，揚起手中的尖刀做個刺人的比畫姿勢，一夥人笑得東倒西歪，還有人捧著肚子直呼阿母。

就這麼一疏忽，連聲慘號並盡力掙扎的豬仔，幾乎翻身滾下臺來，幫工們忙出手按住豬仔，還好V型切口的斜度較平臺好著力，紛亂一陣即又就緒。

陳江水這才走上前去，左手握住豬嘴，將整個豬頭往上掀，露出喉嚨脖子處，也沒看到他右手怎樣舉起來，一把一尺多長的狹長尖刀，已切插入喉口，隨著豬仔拔得尖高的慘號，刀口向下拖割兩寸多長，刀一抽回，血即大股地噴出來。

這是陳江水的時刻，是他凝蓄一整個早晨的精力出擊，當刀鋒沒入肉與血管，當刀身要被抽離的那一刹那，血液尚未噴湧出，一陣溫熱羶腥的氣息會先撲向握刀的手。一當這溫暖如呼吸般的氣息輕拂上來，不用見血，陳江水也已然知曉，他又圓滿成功了一次。

可是那個早上，那剛過完新婚之夜的早晨，一陣持連的昂奮騷擾著肚腹，加上夜裡不曾睡多少時間，陳江水總感到精脈虛弱而至舉刀的手顯現遲疑。陳江水深知，他的一刀下去，決定的不只是豬仔的死亡命運，還有那一刀下手的位置、深淺，都關係著這頭豬仔的肉身價值——一頭血放不乾淨的豬仔，肉呈粉粉的屍紅色，極容易被認定是死後再屠殺的豬仔，是買賣豬肉的大忌。

幸好那天並非初一十五或王爺生日，待放血的豬仔不多，陳江水極力凝住精神，以過往多年的屠宰經驗，也不曾出什麼差錯，只握刀的手卻汗濕滑膩，像滿滿握了一手溫熱的豬血。

舒口氣從豬灶出來，時候尚早，不過七點多鐘，陽光亮花花地灑滿四處，一出豬灶，陳江水依多年的習慣，信步就往「後車路」方向，待走到池塘邊，才想到家裡有個剛娶的女人，略遲疑是否像往常一樣到「來春閣」去睡金花的熱被窩，再一想到夜裡林市的呼叫，興致地繞過另一條路走向陳厝。

回得家中，林市顯然剛起身，正背對著門依床梳頭。陳江水留意到，那削瘦的女人竟有著一頭滋密烏滑的長髮，立即快步從背後上前，一把抓住林市的頭髮在手裡略一把玩，再用力往下掀，林市驚呼一聲仰躺下來，陳江水整個人也順勢壓上去。

原出聲驚叫的林市看清是陳江水才暫時止住聲，陳江水又已動手在脫她下身衣褲。會意到將要來臨的，林市盡力掙扎並大聲喊叫，然而陳江水反倒像受到鼓勵的越發恣意起來。

這一次陳江水要的時間不長，他只是惡戲地淩虐林市，看著女人承受不住地在他下面號叫，得意地瞇起陷在肉裡的眼睛，呵呵乾笑。

當最後那一剎終得來臨，陳江水知覺並沒有多少東西噴灑出來，但晨間鬱沉在肚腹的積氣，騷擾著他令他手心出汗的不安，卻霎時間全排放掉，整個人爽然地輕快著，並在極度倦怠中睡過去。

下肢體的疼痛使林市爬起身來，以手一觸摸，點滴都是鮮紅的血，黑褐的床板上，也有已凝固的圓形深色血塊，血塊旁赫然是尖長的一把明晃晃長刀，是陳江水臨上床時隨手擱置的豬刀。

林市爬到遠遠離開刀的一旁再躺下，下肢體的血似乎仍潺潺滴流著，林市怕沾到衣服不敢穿回衣褲，模糊地想到這次真要死掉了，但在倦怠與虛弱中，也逐漸昏昏睡去。

被搖醒已是日午，陽光透過房間的唯一小窗刺痛林市的眼睛。有人端著一大碗飯菜站在面前，林市忙出手接住，才看清站在床前的陳江水。

雖是昨天宴客剩的隔夜菜飯，仍有大塊角肉，林市在飢餓中吞嚥下有記憶以來吃得最飽的一餐飯。吃完後才留意到陳江水一直以怪異的眼光看著自己，林市低下頭來，發現下身衣褲褪到足踝，自己竟是赤裸下身吃完這碗飯的。害怕陳江水會再度來襲擊，也驚恐於自己的裸身，慌忙把衣褲拉上坐在床上仍不敢下來。陳江水再看她一會，交代一句他要出去一下，轉身即大步出門。

林市再在床上坐著，直到確定陳江水已走遠，才一腳跨下床來，怎樣也沒料到一張開下肢體，竟是疼痛難當，忙以手摀住彎下身來，那種被充塞的感覺仍存有，撕裂般的痛楚倒慢慢減退，好一會林市直起身來，再不敢大步跨動。

拖著細碎的步子在屋內四處走走，林市感到陌生。用土塊堆疊起來的房子雖在正午時分，仍然相當陰濕；凹凸不齊的泥土地面上，也泛著濕冷的水氣，唯有的兩扇小窗緊緊關著，到處有一股渾重的霉味。

總共只有一房一廳用布帘隔著，再加上一角擺設鍋灶處算是廚房，林市沒幾步路很快地就走遍，原還不知要幹什麼，看著四處灰塵、髒東西亂堆，林市以在叔叔家養成的勤快習慣，找來水桶與抹布，一一擦洗起來。

也不知過了多久，有人進到屋子，林市以為是陳江水回轉，慌忙想走避，聽到有個拔得尖高的女人聲音喚有人在家否，林市應有一聲上前，是個五十來歲的老女人，膚色沉黑，是陳厝打魚人慣有的顏色，臉上皺紋重重，頭髮雪白，在腦後綰個鳩髮，整個人看來十分俐落。

「我住你們隔壁，人家叫我阿罔官。」老女人說，她一開口，一嘴牙齒俱在，白森森的像從別人嘴中套用來的假牙齒。

林市退縮地站在一旁，也不知讓座，倒是阿罔官自己在廳內的兩張竹椅中，選擇靠門的一張坐下。她由林市的名姓、家人問起，幾乎問遍林市的祖宗八代，才轉了話題，祕密地、壓低聲音地透露：

「實在我是認識妳阿母。」

林市遲緩地抬起頭看著阿罔官，而阿罔官又突然想到什麼地接下大聲談起陳江水，說他人不壞，就是幹了殺豬這個行業，以後下地獄豬仔會來索命，難逃開腔剖腹、浸血池這些刑罰。

老女人繪聲繪影說著，彷若她親自一旁看見，卻不見林市有何懼怕反應，有些索然。換轉話題接著說要林市時常同她到陳府王爺拜拜，好替陳江水消除部分罪愆，否則以後下地獄夫婦同罪，婦人也得擔待。

這回林市張大眼睛，驚恐地很快點頭答應，阿罔官面露笑容，宣了一聲阿彌陀佛，十分欣慰，伸手探入洗得泛白的一件青布大衫口袋，摸摸探探許久，拿出一張黃褐色的油紙，小心仔細揭開，裡面包著一小圈黑色膏藥。

「喏，這個治傷口最好，拿去用。」老女人曖昧地笑著，眼神嘴角泛著怪特的羞持春意，又強自裝作若無其事。

「聽到妳昨夜和早上那款大叫，我心中直唸阿彌陀佛。」她說。

立即的紅潮湧上林市雙頰，低下頭來，也不好意思去接那膏藥。

「拿去，這又沒什麼害羞。」

阿罔官拉起林市的手，將膏藥塞到林市手裡。

「你阿嬸先前沒教妳？」

林市茫茫地搖搖頭。

「沒阿母的孩子，真可憐。」老女人一面嘟喃一面站起身來。

「我要走了。」她說。「討海的要回來吃飯囉。」

林市目送阿罔官走遠，她纏過又放的腳也還不小——原不是纏成什麼三寸金蓮，放了後也幾近乎有一般女人的腳長。但走起來還是不大俐落，每跨下一步，都好像得把腳整個提起來再放下，趑趑趄趄只能小步朝前，因而看來好似相當辛苦。

林市愣愣坐著，看著阿罔官的身影拐向左邊不見，看著天日慢慢沉暗下來，手中捏著那膏藥。下肢體的痛楚已不是十分強烈，這許多年來，林市也不大去珍視疼痛，忍著總就過去，可是那阻塞著什麼的擴張感覺，令林市不安。林市驚恐著想到昨夜。

兩行淚水不自禁地流了下來，林市舉起手以衣襟拭擦，淚水再湧聚上。心底也並非特別哀傷，只不知為何淚水不斷，林市懷帶詫異與不解的靜坐著流淚，直到看見陳江水從遠處逐漸走來。

最始初林市並沒能認出陳江水，只知是個男子，走在屋外一大片海埔空地，走了許久在距離上似乎沒甚進展，那海埔空地應該是延伸向海，但在遠處為一叢叢蘆葦與幾棵小樹遮掉視線，因此只成一方綿長的灰黃空地。不長草的地面上有纍纍卵石，十分荒蕪，特別是黃昏一颳起鹿城特有的海風，漫天旋動一陣黃沙，襯著背後天空的一輪巨大紅色落日，更是荒清。

就在海埔地天邊的紅橙色落日下，林市看著陳江水朝著走來，心中模糊地想著這個男人就是人家所說終身的依靠了，可是究竟依靠什麼，林市一時也沒能想清楚。只能看著紅色落日下，她的男人走在滿是卵石的灰黃地面上，先是沒什麼距離進展的感覺，再一令人清楚可辨後，很快地就已到了門前。

本能地，林市起身躲避。陳江水一腳跨進屋來，看瑟縮站一旁的林市，再看搬動過家具的四周。沒什麼表情地說聲「那還沒煮飯」，布帘一掀，走到房裡去。

林市這才趕快從一旁取來稻草，引燃生火。熟悉的工作讓林市心安，揭開鍋蓋看到還剩有大半鍋昨夜吃剩的「菜尾」，林市幾乎是快樂起來。

用稻草悶了飯，把剩菜熱了，聽到陳江水從房裡出來的腳步聲，林市忙將一鍋剩菜端到竹桌上，拿了碗回身要盛飯，陳江水呼喝一聲不必了，走上前來從立於牆邊的竹櫃子拿出一瓶「白鹿」清酒，由林市手中接過碗，滿滿倒了一碗，仰起頭先喝一口，才端著碗坐下。

自顧連連喝酒與偶爾挾些菜吃，陳江水吃喝了好一會，才意識到林市還無措地站在一旁。

「妳不吃啊？」酒興中陳江水大聲說。

林市這才到廚房滿滿盛了一大青碗番薯籤飯，也不敢到桌旁坐下，站著三兩口和著鍋底一點剩湯，很快吃完。看眼陳江水正舉著碗喝酒，毫不曾在意她，林市偷偷又添了一碗飯，盡量壓得特別密實，這回放緩速度，先將番薯籤吃完，留下小半碗米粒，仔仔細細在嘴裡嚼了又嚼才吞下。

雖不是十分飽脹，也吃得差不多，林市不敢再去添飯，挨著灶旁站著，不一會，身子順勢滑溜下去，蹲在地上靠著灶，暖暖的溫煦，林市昏昏地半睡了過去。

陳江水一逕自顧喝酒，幾碗清酒下肚，嘴裡咿咿嗚嗚哼一兩句不成詞的調子，偶在會意處連成調，也順口唱上幾句：

二更更鼓月照庭　牽娘的手入繡廳
咱今相好天注定　別人言語不可聽

唱哼著，一隻腳還點在地上，抖啊抖地，不時配合曲調拍打，有一會後偶低下眼來看到喝空的碗，才驟然停住尚哼在嘴裡的字音，暴喝一聲：

「死到哪裡，不會來倒酒。」

林市猛然醒來，過往也不是不曾被如此呼喝，立即裝作若無其事，很快站起身，尚不知為著什麼，本能地就等待吩咐地向陳江水走靠過去。

陳江水順勢一把摟住林市的腰。

酒。

「來，臭賤查某，陪我喝酒。」

林市這才知道叫她的目的，卻已逃不開身，恐慌中順從地拿起酒瓶倒滿一碗酒。

「喝，喝喝。」陳江水語意不清地說。

林市接過來，嚐一口，冬寒時偷酒禦寒，林市得以擋過許多寒天，私釀的濃白黏稠米酒，入口嗆喉，都曾嚐過，那清酒自不在話下。

看到林市毫無困難的一口飲下酒，陳江水反倒有些意興索然，迴手一揮：

「去，去，滾一旁。」

將林市推出好幾步，林市一個踉蹌，跌坐在地上，陳江水呼呼喝喝地笑了起來，從口袋抓出幾個銅錢，向林市臉面擲去。

「老子今天贏了，當妳這個臭賤查某開苞錢。」

林市驚恐地爬回灶邊蹲下，也不敢去撿四散的銅錢，自是不敢再睡，將頰貼依著灶牆紅磚。不知是因喝了酒，還是夜遲了，那灶溫熱感覺竟慢慢淡去，只留臉頰一陣薄薄熱意。

陳江水倒未曾有進一步舉動，只仰起臉喝乾碗底的酒，打個飽嗝，不曾看眼林市，起身蹣跚地走入房內，沒一會，便響起巨大的鼾呼聲。

林市仍窩藏在灶邊不敢動，耳邊聽得陳江水的鼾聲一沉一落，音量逐漸均勻，高起處呼呼地直往外吹氣，彷若受了幾千載的沉冤，一逕地在這時要吐盡。林市聽了一陣，確定陳江水已熟睡，才從灶邊翻爬出來，伏在地上仔仔細細地搜索四散的幾個銅錢。

外面的天夜早全沉暗下來，屋內一隻五燭光的燈泡昏昏的有點微光，林市藉著不清的視線，多半憑著本能的直覺與觸摸，很快拾起幾枚與地面泥土顏色相當接近的銅錢。仍不死心，再翻找一陣，沒結果後才就地蹲著，一一數起銅錢。

是一個厚的「好錢」與幾枚薄的「壞錢」，林市欣喜異常，四處找尋包裹的東西，尋一陣都不曾找到適合的，探手入大裲衫衣袋，觸到午間阿罔官給的膏藥。

取出膏藥在手上把玩，一想那方油紙大小正適合，林市一把將膏藥挖出來，將四枚小銅子放進去，顧不得黑色膏藥的沾染，緊緊密密包裹好，再放入大裲衫衣袋。

舒口氣坐下來，才發現手上食指還有一沱膏藥，想到阿罔官所說，林市將底褲拉下來，就著昏暗的燈光，將膏藥遍在紅腫的兩腿之間。那膏藥有種泌泌清涼，塗上頓時十分舒坦，尤其漆黑一片令人生厭。林市十分滿意，不曾穿上底褲，只穿回衫裙，還感到有十足保護似地篤定。

這才站起身來，四下收齊碗筷，並沒幾個碗，很快就洗完，擦乾手，倒不知做什麼。只聽得屋外呼嚕的風彎轉迴盪在周遭，偶也發出穿出重圍似的咻咻聲。林市微略害泊起來。

輕步走到門邊，掀開門帘向房內掠一眼，陳江水攤開四肢，睡得十分沉熟。林市看著有一會，才瑟縮地進到房內，和衣在靠門的角落躺下。剛闔上眼，猛聽得陳江水翻個身，嘴裡咿唔著什麼，林市忙坐起來，抱住一旁從叔叔家攜來的包袱，就想奔逃出來。還好陳江水翻個身，繼續沉沉地又睡去。

林市再不敢躺下，斜靠著床牆處，懷裡仍緊摟住包袱，慢慢地也睡了過去。

3

幾近乎位於陳厝中心，在陳府五王爺廟右側後方的這口井，一直有著許多怪異的傳說。這口內圓外八角形的井，井口離地約有三、四呎高，紅磚砌成的井牆由於時間的積累與潮濕，終日泛著一種水濕的沉紅顏色，井牆根接地面處，長滿茂盛的濕綠青苔，陰濕膩膩。近井口處雖經常使用，磨得十分光潔，仍是滑溜異常，水濕濕的一靠上去，就彷若不由自主地會朝井內溜下去。

有關這口井，最近且最為盛行的一項傳說，是一名名叫菊娘的丫鬟在此投井自盡。投井的原因眾說紛紜，會自盡不外受不了迫害，總之，這名沉冤的丫鬟死後，開始在鄰近顯靈。

深夜路過的人們在清明的月光下，看到菊娘坐在井口上，對著井中身影梳妝；或者看到菊娘披散一頭長髮，在井邊徘徊哀嘆、久久不離去。不論菊娘如何顯靈，看到的人總形容她是個哀怨的美麗女鬼，並不是七孔流血的長舌厲鬼。

而許多年過去，陸續地仍有人傳說在井邊看到菊娘，因而一個清朗的三月天，鹿城少有的不颳風日子裡，天是朗靜的明麗，陽光輕撫照耀著，阿罔官和林市來這口井汲水洗衣服時，還不忘同林市說：

「井就在王爺廟身旁，是王爺的轄區，鬼魂也可以顯靈，可見王爺多靈聖，給冤屈的人有說話的機會呢！」

抱一塊洗衣板和一竹籃衣服的林市，聽後稍略尋找，即看到顯露於榕樹林葉中的王爺廟側角，向上彎翹的燕尾，以一個飛揚的弧度，伸向無盡的清朗藍天，而輕微的風，帶動絲絲的白雲輕漫飛飄。

「是啊！」林市心裡想。「王爺都肯讓鬼魂顯靈，說出冤屈。」

林市心中也相信，那鬼魂，在顯靈後，終是伸張了不幸，因而懷著敬畏的在井邊找到一個角落，安置好洗衣板和衣服。到井邊汲水時，望向深不見底的井中深淵，不覺在嘴裡誦禱了一句：

「菊娘，妳有靈有顯，請保佑我。」

說後倒微略不安，四下望眼井邊洗衣服的女人們，並沒人注意到她，才提了從井裡汲起的滿滿一桶水快步走開。

已是上午八、九點時分，井邊並不擁擠，趕早得下田或出海的女人，天矇矇亮就來洗過衣服，現時在井邊的，大多年齡不小，她們或替代家中勞動的年輕女人做家事，或來洗自己隨身幾件衣物，間雜的，也有幾個洗衣婦，一早收齊了各家衣服，得一直洗到近午。

雖然人不是太多，但以這口水井為中心，周圍七、八呎方圓內鋪著灰麻石的井邊，仍不甚有空間地堆著衣服、洗衣板和水桶。這地方原有的排水溝道，經過一早晨的使用，已有些照管不過來，本是要讓用過的水先流向低窪處，再聚流到近旁一條水溝，這時已有好些處水流積聚的死角，浸泡著公地地區積累的雜什物件：或是一條殘破的內褲，或是一雙穿壞的木屐，泡得發脹，也泛著水旁特有的沼氣與陰濕，在煦和的春日藍天下，仍蒸鬱著一股沉沉的悶氣。

井邊的女人們，大都已有年齡，又在工作中，穿著的自是顏色沉暗的舊衣服，她們低著頭咬住牙，奮力搓洗衣服，要不就是洗衣棒打得震天價響。偶一兩個近旁玩耍的小孩，湊過來嬉鬧，總會被大聲地斥嚇走開。女人間也不是那麼沉靜，彼此間也常會有一兩句低語，傳過一個什麼消息，會引發出一陣低低的笑聲。而不論何時，女人們始終會謹慎地豎著耳朵，等待任何風吹草動，對她們來說，誤失任何消息，絕不是件光彩的事。

最有趣的片刻，在一天中總會到來，那是她們當中來一、兩個愛排事理的上年紀女人，女人們這時便會小心翼翼地仔細傾聽，再笑著咬住耳朵傳一兩句漏聽的話，加幾句評語或意見。特別出奇處，眾人齊停下手中工作，嘰嘰咕咕地大笑，這情形也是有的。

阿罔官無疑也是這類帶來笑談的人物。

她有許多積極的作為，比如她會從某個婦人手中，搶過一件沾染經血的衣褲，朝上一揚，帶鄙夷地撇著嘴說：

「這也好意思拿出來給她阿嫂洗，那有這款小姑仔。」

阿罔官幾乎全知道那家裡誰得替誰洗衣服。或者是當她看到鄰近的洗衣婦，正洗到一件帶血色排出物的男人內褲時，她會搖搖頭，極正義帶批判地說：

「到哪裡去玩成這個樣子，不知節制，得告訴他阿母。」

旁邊的人也許帶笑接一句：

「這種事，告訴他女人不就好。」

原說話的阿罔官嘴快地不屑說：

「告訴他女人有個屁用。」

然後接下排道理：

「要是他女人把他搞成這個樣子，或管得到他，也不會把這種褲子都拿給我們洗了。」

吃吃地遍傳出一陣會意的笑聲。

多半時候，林市也跟著笑，雖然不甚明白笑的究竟是什麼。她原是阿罔官帶來井邊的，手腳勤快力氣又大，總自動幫阿罔官提水，偶有時自己的幾件衣服洗完，看到阿罔官忙著編排，也會默默地替阿罔官把衣服拿過來洗。每在這時候，阿罔官總裝作不知曉，繼續談說，俟說到個段落，林市也大致替她洗好衣服，才驚訝地哦了一聲，忙又連聲說：

「妳好心有好報，好心有好報。」

然後告訴林市，她現在多好命，上無公婆，下無姑叔，不必下田出海，只需管顧兩人日常生活。

「幾代人才修得這種福分。」阿罔官強調地說。

林市照例低著頭，不曾說什麼，只較過往紅潤的長臉上會有一絲笑意，稍不好意思地拉拉因明顯豐腴起來而繃得露出底衫的大裇衫領襟處。

嫁過來還不到半年，林市早胖了不止一圈，好似以往暫被遺忘的成長，這時候趕著要補足，轟轟烈烈地不僅胳膊粗了，一些女性的徵兆也無可抑遏地明顯起來。她原本就身子高長，長臉上一雙單眼皮的細長眼睛，這時有幾分水漾，新近看到她的人，無不稱讚、亦沒料到那個像木板刨成的人兒，還會有今天的略帶姿色。

阿罔官冷眼瞧著林市，只不過幾句讚詞，臉面上就有這種笑意，再看林市彎身下繃得逼緊的前胸，於是從兩片薄扁的嘴唇，從一口完好的白牙間，冷冷地吐露出：

「妳是個好命人，不能跟我這種守寡人比，可惜，前世人還有相欠債沒了噢。」

然後故意壓低聲音，幾近乎咬住林市耳朵，才祕密地續說：

「妳那個人一上了妳，就沒個收拾，每次聽妳大聲喊，我心中直唸阿彌陀佛呢！」

阿罔官說完，臉上還遺有哀淒，卻眼睛一轉向四周早屏住氣息的女人們飛了個眼風，還朝林市努努嘴。臨近幾個女人齊會意，憐憫卻懷帶鄙視地看眼林市。

林市則斂住笑容，惘然地低著頭，有一下沒一下地搓著衣服，絲毫不曾知曉在她周遭正發生的。

阿罔官觀望著，看林市許久都不曾抬起頭，手上兀自搓著阿罔官一件舊衣衫，對衣衫前襟沾染一大片醬油漬卻視若無睹，怕這樣下去一早上這件衣衫都洗不好，阿罔官才著意大聲說：

「所以我說，要解前世的罪愆，就得信菩薩。這信不是初一吃一下齋，就休息三、五個月，想到了，十五再去廟裡拜一下。是要無時無刻心中都有菩薩。」

阿罔官說話的詼諧方式，使周遭幾個女人全笑了起來。林市跟著一笑，也就抬起頭來，觸眼正是王爺廟蟠龍踞鳳的廟頂，是為歇山頂的廟簷在早晨的陽光下閃著一層黃暉，十分寧和，只有翹脊燕尾上蹯的那隻交趾燒青龍，飛揚也似地踞在藍空下，林市心中跟著唸了聲阿彌陀佛，低下頭來繼續搓洗那一逕握在手裡的衣衫。

耳邊聽得一個高銳的聲音接替阿罔官。林市一掠眼，是叫春枝的四十多歲守寡女人，春枝與她的獨子就住在井後邊的巷道裡，她人生得小模小樣，聲音卻尖細無比，永遠都像捏著嗓子以假音在說話。林市記得，阿罔官就曾說春枝聲音是種「破相」，才會要守寡。

「妳們知否……」

永遠是這樣的開頭，還會略頓一下，向四周飛個眼風，看沒有礙眼人在跟前，才再接續說。而這一停頓，早引來數雙好奇的耳朵。

「我隔壁那個阿欠嫂，她阿欠跟查某早不是新聞，妳知最近她要娶媳婦，去相北角頭的一個人家。」

「我知是梅官的女兒，媒人婆還是我五嬸的親戚呢！」叫罔市的女人快嘴地說，為自己的消息靈通很有幾分得意。她的丈夫是陳厝莊打漁有名的討海人，兩人相罵時每回都罵不過罔市也早出了名。

「就是嘛！」有人附和，春枝愈發興致。「阿欠嫂去相人，雙方面都很投合，談到差不多，阿欠嫂拉著人家女孩的手，說個沒得完，末了，還同人家說起她阿欠。」

春枝停下來喘口氣，一旁的女人們連聲催促。

「慢來，慢來，我慢慢說。」春枝有意賣弄。「妳知阿欠嫂跟人家說什麼，說她阿欠玩查某，拿家裡當客棧，一分一厘都拿去給那些臭賤查某，替臭賤查某倒洗腳水，洗內褲……」

「唉喲！」有人叫出聲。

其他人都笑了起來。

「結果呢？」罔市接問。

「當然把人家未入門的女孩嚇死了，阿欠嫂還哭著一把眼淚、鼻涕，說她兒子都是她拉拔大，要人家以後對她孝順。」

「真三八！」

「沒七沒八。」

紛紛地有人說。
「婚事呢？」問的還是罔市。
「大概算了。」春枝隨口說。「人家不怕死了，這款婆婆。」
對這件事從頭到尾居然一無所知，罔市有些憤憤了。
「我怎麼都沒聽我五嬸說。」罔市口氣堅決，很有不追究出結果不罷休。
「下回我去問我五嬸。」
突然有個平板的聲音，冷冷地加插一句：
「說不定阿欠嫂是有意這樣說。」
眾人回過頭，說話的是一直靜默的阿罔官。只聽她淡淡接道：
「好先給人家一點厲害看，知道這婆婆手底下有幾分斤兩。」
沒人朝這方向想，因而先有片刻沉默，然後眾人間年齡最長，而且丈夫、子孫俱在的顧本嬤，才乾咳一聲，清清喉頭，以著對一切俱有圓熟的體諒，平靜和緩地說：

「阿罔啊！不是我愛說妳，只有妳這個人，會這樣猜想別人。說人嘴這麼壞，像刀切菜。」

阿罔官輕哼了一句，但不曾接口。顧本嬸看著阿罔官臉上神色，微微一笑，也不再多說。

一時間沒人說話，眾人皆低著頭搓洗衣服，有一會後，才交頭接耳地絮絮低語。突然再爆出的是罔市高亮的大嗓音：

「什麼？那款人會給女兒嫁粧？他大孫滿月，送來的油飯裡，一粒蔥頭、一片肉都沒有。」

女人們先是嘰嘰咕咕笑著，接下來，自是追問罔市說的是那一家了。

林市始終靜默地傾聽，別人笑，她也跟著嘻笑，女人們所談論的，對她來說充滿無盡的新奇。以往在叔叔家，嬸嬸長年躺在床上，說是身上染病，卻又一個個孩子不斷地生產，林市得照顧八個堂弟妹，還得兼顧生病的嬸嬸，整天只見永遠做不完的工作，加上戰亂連連，天一昏黑，家家即把大門緊閉，林市幾近乎沒有機會聽得別人閒談，當然不知曉四鄰究竟有何事故，即使偶爾聽來，在那時候，也絲毫不感到興趣。

直到相識阿罔官，聽她編排各種道理，林市才恍若第一次看到過往不曾著意的許多人、事，只可惜大多數被談論的人，始終未得謀面，否則，該會更有趣味的，林市這樣想。也模糊地以為，將來有一天，她或有可能像其他女人，圓熟地參與入談說，知曉誰是誰，曾做過什麼事，並能加以評論。

那天早晨，由於眾人話題十分熱絡，就這麼一耽擱，林市回到家，已有十點多，一進門，看到陳江水坐在廳上竹椅，林市心裡即知道不妙，果然陳江水一見面，惡狠狠地呼喝：

「死到哪裡？」

林市畏縮地挪挪抱在腰間盆裡的衣服。

「幾件衣服洗一個早上，妳愛洗衣服，我去包回來給妳洗，包妳一年也洗不完。」陳江水仍粗聲地說。

「今天比較擠。」林市小聲地企圖分辯。

陳江水一把跳下竹椅，欺過身給林市一個巴掌。

「我幹妳老母的××，我跟妳說話妳還敢回嘴。」

林市撫著紅腫的臉頰低下頭，陳江水有一會才續說：

「一定又跟阿罔那個老不死老賊婆一起，我駛伊老母的××，妳再跟她說人長短，小心那一天我用豬刀割下妳的嘴舌。」

陳江水的語意十分認真，一點不像僅在恫嚇，林市驚懼中身子微略發抖。然後，林市看到陳江水的一隻手朝前胸伸過來，已然知曉他要的，但林市仍止不住出口尖叫。

他在晨間到豬灶殺豬完後回來要她，這已經成種習慣，只是他多久會要她一回並不一定。剛過門來那陣子，林市幾近乎隔天就要承受他男人一次，有時間隔時間更短，甚且一天幾次。他總是在她不備中要她，不管她灶裡還燒著火，她手上正披晒衣服，而至引得她連聲尖叫。

林市當然也曾本能地抵擋過，只不過陳江水的力氣遠非她能對抗，最後，她仍得被壓在下面，看著她男人油光閃亮的臉面逐漸迫近，看著他瞇細陷在肉裡的眼睛，閃著獸類般的光。

他還每次弄疼她，在那昏暗的房間內，林市無法區分他究竟對她做了些什麼，出於直覺的羞恥，她也不敢睜開眼睛看陳江水確實的舉動，她只知道他緊迫地充塞在她下肢體間，也壓得她透不過氣來，痛楚難抑使得她只有大聲呼叫與呻吟。

還好不管怎樣，時間再長再短，這事情總會過去，那時刻陳江水翻身下來，躺在床上立即入睡，呼嚕的鼾聲響起，林市就知道她一天中最難承受的時刻已然過去。起身整飭好衣服，雖仍有殘餘的痛楚，但不嚴重，而且累積多次的經驗，林市知道，這痛楚很快會消失，只要陳江水不再侵襲她。

因而，幾近乎是快樂地，林市走出房間，趕向灶前。這已經成為一個定例：在陳江水要她的那一天，他會帶回來豐富的魚、牡蠣，偶爾還有一點肉片，再特別的，居然出現有肝臟類的內臟。林市仔仔細細地翻過今天放在灶上的食物，才滿意的回到廳堂，挽起一盆未晒的衣服，走到屋外。

不颳風的鹿城三月天，天無比的亮麗，勻勻的一片藍色，滿鋪在整個天際，海天接處，一叢叢海埔地上的蘆葦，也長了春芽，新綠連綿，只不過陽光雖是十分輕柔，仍不敵春寒，絲絲寒意迎面拂來。

林市很快地在竹竿上披晒好幾件衣褲，愉悅地回到屋裡。正待煮食中餐，才想到忘了將裝衣物的木盆拿進來，回過身一腳剛踏出屋外，隔壁緊鄰的矮土牆角正衝衝撞撞出一個人影，是阿罔官。

林市有些詫異，阿罔官看來似乎已在土牆下蹲了許久，以致她有一會都不能全然站直起身子。看到林市，阿罔官的臉縮皺在一起展現出一個笑容，卻十分詭異，她的眼中漾著一層水光，咄咄逼人，林市不知怎地居然想到陳江水逼近身時的眼光。

「這堵土牆快倒了，我把它扶扶。」

阿罔官扭怩地說，春日的陽光照在她臉上，竟似閃著一絲紅霞。

「現在好啦！我要回去煮中餐。」

也不待林市回說，阿罔官回過身，拖拉著一雙放過的小腳，幾近乎瘸著快步走過院子進屋去。林市看眼那一堵並不像要倒塌的牆，心中惦記著要煮的午餐，轉身進屋，也就忘了阿罔官奇怪的舉動了。

午餐有魚有肉，林市用醬油煮一鍋三層肉，照例擺了許多醬油，鹹得吃來像是醃過的鹹肉。煮好後等著陳江水還未睡醒，禁不住挾起來先嚐嚐，連連吃得好幾塊，實在太鹹了才止住筷子。

那天陳江水睡得遲些，近一點鐘才起身，看來睡得十分飽足和暢快，沒說什麼地匆匆吃過飯，也不交代他要出去，即大步向海埔地蘆葦叢方向走去。林市看著他的身影遠去，懶懶地開始收拾餐具。

洗好碗碟，打了個呵欠，看著沒什麼事，林市到房裡躺下，不一會即睡去。通常，林市都能睡兩、三鐘頭，計畫陳江水要回轉，才起身準備晚飯。那下午不知是否吃太多肉太鹹，沒一會即連連作夢渴著醒來，夢到自己以鹽巴沾番薯籤飯，沒什麼東西吃，但鹹得難受異常，伸手到嘴裡一抓，血水竟不斷湧流出來，吮吮那血也是鹹的。

林市忙起身，出房門倒水喝，看屋外還是一天耀亮的下午時分陽光，猛地有些詫異地想到，自己居然也有福分能在白天裡睡午覺。

4

日子在每天平寧的午睡中快速的過去，林市感到五月天裡牡蠣才剛插枝，又已然是中元普渡。

鹿城有繁複且完整的普渡，從七月初一直拜到隔個月的初二，由每個地區輪流祭拜，人們為方便記憶，編出了這樣的歌謠來誦唸：

「初一放水燈，初二普王宮，初三米市街……廿九通港普，三十龜粿店、初一乞食寮、初二米粉寮。」

這個歌謠久經傳誦，連小孩也能琅琅上口。於是，在七月裡，每個地區的人們，依歌謠所輪，在那特定的一天，準備豐盛的食品來祭拜無主的孤魂野鬼，以求地方上的平靜。

對普渡，人們從不吝惜，祭拜的豐盛有時甚且遠遠超過新年。人們除了善心地關懷無主的孤魂，他們長年為城隍收押，只有這時候能出來享受祭品，也不無擔心孤魂野鬼不得飽餐，會盤據著生事。

因而那年七月近普渡，林市從昏沉的午睡中被吵叫起來，阿罔官搖擺著她雙小腳，一踏進屋，呼喚幾聲林市沒出來，就驚揚聲音叫起來：

「又在睡中午，年紀輕輕，不知惜福，也敢白天睡，不怕減歲壽。」

林市慌忙從房裡出來，知道自己睡得很狼狽，仍隨口說：

「也沒睡啦，躺躺，反正沒什麼事做。」

「懶怠查某。」阿罔官笑罵。「我這款年歲，都不敢躺下去睡午覺，怕睡了不得起來。」

「不會啦，不會啦。」林市不懂分辯，只有連聲說。

「我今天不是來找妳開講，是來告訴妳，普渡快到了，我們這裡陳厝，普十七，不像妳過去在安平鎮，普廿七，記了嘜，十五舊宮，十六東石，十七陳厝，我們這裡普十七。」

雖說不是過來聊天，阿罔官仍坐到日頭西斜，才慌忙起身回家。

感染阿罔官對節慶來臨的興奮，林市在陳江水黃昏後回到家，便迫不及待地問詢要如何拜普渡，沒料到陳江水十分冷淡地隨口說：

「到了我自會準備，我們不比伊討海人，得拜散失無主的孤魂求出海平安。」

看林市仍放心不下，陳江水才又道：

「要拜拜我輸人不輸陣，妳免操心。」

林市算是放下一顆心，她原害怕這個殺豬的丈夫，連普渡都不願拜拜，一切災禍，會如阿罔官所言，一半得由她來承擔。於是，在陳厝四鄰忙著準備，林市仍有空天天午睡，有時醒得早，看屋外仍明亮的下午時分陽光，林市想及在繁忙的七月居然自己也能在白天睡覺，有些心慌，只有安慰自己地想：

「大概就是阿罔官所說的好命吧！」

如果不是陳江水仍持續地騷擾她，林市也很願意相信她的命好。陳江水仍無固定時日、時刻地要她，看她較熟悉他對她的方式，喊叫聲音稍減低，陳江水即更恣意地凌虐她，有一會兒事後，林市發現一條膀子全是烏青印記，瘀血處有十來天才褪盡。

那天下午阿罔官過來坐，雖然是盛暑，林市大裪衫的袖子依照時尚裁到肘彎處，仍遮不住手臂的黑紫痕跡，阿罔官一掠眼，即神色凝重地說：

「我們是好厝邊，這款話我不知能不能說……」

阿罔官看著林市，忸怩地遲疑著，林市則不解地愣怔瞧著她。最後，阿罔官顯然敵不過心中想說的渴望，三句接兩句快速道：

「妳知七月是鬼月，這個月有的孩子，是鬼來投胎，八字犯沖，一世人不得好日子過。這款鬼胎，不要也罷，妳怎麼不懂事，連這個月也……」

乍聽下林市十分驚恐，不過立即黯然地說：

「又不是我要的，我也沒辦法。」

阿罔官嘻地笑出來。

「憨查某，這款事，裝一下不就行了。」

「怎麼裝？」

「跟他講這個月妳月經來，怎麼都不乾淨，拖拖七月就過去。」

「噢，可以這樣啊！」林市恍然大悟歡快地說，整個面龐霎時間光彩了起來。

兩人閒閒聊了一個下午。阿罔官比畫著講些四鄰閒事，也不像以往，趕著要回家煮食晚餐，繼續坐到日頭西斜，開始叨叨唸大半下午她的媳婦。林市早聽慣阿罔官嫌媳婦目中無人，全不把婆婆看在眼裡，幫忙照顧幾分蠔圃，就像全家人靠她吃飯。

「我還有兒子可靠，不需要吃她一口飯呢！」阿罔官沉篤地說：「兒子可是三歲就由我獨自一個查某人養大的，他那死老爸，海邊抓魚，走著去橫著回來，身軀脹得壽衣都穿不下。」

林市原有一搭沒一句地閒閒聽著，這些事阿罔官早不知說過幾回，但聽到此，仍十分不忍心，本想說幾句安慰的話，又不知從何說起，只有默默坐著，更專注地聽阿罔官數說。

而日頭逐漸西斜，在遠天映成一團鮮麗的酡紅。盛暑十分乾熱，白日裡原本萬里晴空無雲，這時候，也不知從何處調集來朵朵雲塊，齊聚在海天交接處，灰灰濛濛一片，一俟紅色的太陽沉落其間，才霎時火燒一樣整片迅速轉為金紅，並多姿地幻化起來。一下子是隻有鬈毛的獅獸，一會又是朵重重瓣落的紅蓮，只不論幻化作什麼形體，一切俱金光燦爛，耀麗異常。

甚且遠處的蘆葦，末梢也沾染上這層金紅，盛暑裡蘆葦已長成深綠色，高大挺拔地叢叢在風中搖曳。就在蘆葦叢中，遠遠可見討海人推著滿載牡蠣的兩輪車，三三兩兩朝著走來。由於背著夕陽，每個人、車前俱拖著長長的身影，迎著走近時，倒彷若影子先到抵似的。

一批批走過的討海人，大抵很年輕，特別是婦女，有的讓四、五歲的孩子坐在兩輪車上推著走；男人們年齡則比較不齊一，除了渾身晒成黑褐色、肌肉強健的年輕男人，間或也有一兩個頭髮斑白，短短山羊鬍亦已花白的老人，他們已然彎曲的身體像一隻風乾的蝦姑。

而這一夥討海人，每人看來都有倦意，但仍腳步沉穩的一步步往前走。經過阿罔官和林市坐的屋前榕樹下，親和平平地招呼：

「在外面坐啊！」

「不去了！」

阿罔官泰然坐著，一一招呼，直到看見不遠處走來她的媳婦和彩，才著意將頭偏向一邊，絮絮同林市冷言冷語地數說現在做媳婦的如何如何大模大樣，還著意將聲音提高，彷若生怕別人聽不到似的。

那媳婦是個矮小鈍重的女人，身軀相當肥滿，但很結實，背著陽光走來，實實在在的一團。她原戴的斗笠已摘下，夕照下可見一張褐色的圓臉，五官極為周正，只不過眉眼間因為常年迎著海風，密集地向鼻樑縮皺起來。她迎著走來，顯然看到榕樹下的阿罔官，卻沉沉不作聲，若無其事地走過。

阿罔官仍繼續叨唸著，直到這一夥討海人已走得差不多，才站起身，拖著放過的小腳，施施然地走回家。

只一會，林市進屋正淘米準備煮飯，即聽到阿罔官又快又急的叫罵聲，還有她媳婦和彩低沉的嗓子間隔幾句回頂一句。和彩說話雖緩慢，嗓門卻不小，速度是比不上阿罔官，罵的話卻又重又沉，而且經常持久。阿罔官尖聲叫罵一陣後，已有些力不從心，氣勢不濟逐漸和緩下來，那媳婦不減原有的速度，這時成一人一句相互對罵。

突然響起一聲清脆的耳光，只見和彩從廳門快步跑出，摀著一邊臉頰，嗚嗚唉唉地放悲聲大哭。後面緊追著阿罔官，拿把掃帚，露出一長截竹竿把柄，蹬著一雙小腳，拉拉扯扯努力朝前趕，一面尖聲叫罵：

「好啊！妳跑出來，我就講給厝邊聽。妳這個臭賤查某，我天天在家做老僕，煮給妳吃，只欠餵妳，妳不知足，說妳幾句，還給我應東答西，我不打妳，妳越來越爬天上去不成？」

「妳不要以為我怕妳，我要不是看妳老，禁不起打，我就給妳好看。」和彩邊跑邊回過頭來叫罵。

兩人追跑一陣，那媳婦年輕壯健，很快將阿罔官撇在身後，看阿罔官拐著腳越跑越慢，顯然一時還追不上來，和彩在門口處站定，好整以暇地漫聲道：

「誰說我吃妳的？我每天去蠔圃，去假的？如不是妳這老查某，手彎向外拐，我今天要吃什麼，穿什麼，還會沒有。」

「妳說什麼，妳敢說，妳再說一遍試看看。」阿罔官氣得渾身發抖，一陣奔跑下來，灰白的頭髮散滿一臉，像個老瘋婆子。

「那不敢講，我講給大家聽……」

那媳婦話還沒得講完，冷不防阿罔官揚起手中的掃帚，使勁地朝著丟來。掃帚呼地從和彩頭邊閃過，和彩怪聲尖叫：殺人噢，殺人噢，忙轉身閃進屋，順手將兩扇木門緊閉，還上了門閂。待阿罔官趕到，拾起打偏的掃帚，碰碰的用掃帚架猛力敲打木門，毫沒人理會，阿罔官慌忙跑向屋後，和彩早一步已將廚房通後院的門關上。阿罔官發現自己居然被關在自家門外，拖著掃帚，放大聲對門裡又開始叫罵：

「你這夭壽××，沒天良的××，不怕雷公打死，敢把我關在門外，有膽的就出來，何必躲在裡面。」

「怎麼，行的就進來啊！進來了妳要怎麼打都可以。」和彩在屋內怪聲地說。

阿罔官盡在屋外叫罵，她媳婦無論如何就是不開門。兩人的吵叫聲這時引來四鄰圍觀，阿罔官看聚來的眾人，想自己被關在門外拿她媳婦沒辦法，十分沒面子，於是再度被激怒，幾近乎發瘋似地以手上掃帚擂打門，並以身子去撞門，瘦小的身軀前後搖擺像痙攣一般，而她還能喘著氣粗惡地罵：

「妳這瘋××、破××，千人騎、萬人幹的破××，幹妳老母的××，妳這不知見笑的臭××……」

「妳不用罵我老母，她可清清白白，也不用對我開口閉嘴××，我是妳媳婦，被萬人幹對妳來講也不見得光彩。」和彩提高嗓門大叫：「誰不知道妳的××才是欠幹，誰不知妳守的是什麼寡，守到阿吉的眠床上去，誰不知妳三天兩頭就跑去給他幹才會爽……」

「妳閉嘴，妳再胡亂說……」阿罔官使盡力氣大叫，臉孔曲扭皺縮起來。

那媳婦說得正嘴順，又仗著自己在屋裡，叨叨地繼續道：

「妳如不是和人曖曖昧昧，何必普渡家裡都不夠拜拜，妳還要大雞、大鴨拿去給阿吉，他難道沒子沒孫。」

那媳婦還待再說下去，阿罔官渾身發抖，一屁股跌坐在地上，嘴唇發白直顫動，就是出不了聲音。她一個原本永遠光滑平順的鴆髮已散盡，灰白的頭髮披了一臉，兩眼直直瞪著前方。

有鄰家婦女趕忙上前，扶住阿罔官，一邊使勁地拿手替她順背和揉胸口。眾人開始議論紛紛。這時候，人群中匆忙擠進阿罔官的兒子，他是個中等身材碩壯的男子，匆匆卸下肩上挑的放有半擔魚的角擔，快步走上前去沉沉拍兩下門，一面平聲道：

「阿彩，是我，開門。」

和彩聽外面沒有了聲響，才止住叫罵，再聽到丈夫叫門，直覺地就過來開門，門一打開，一句「阿清」才喊半句，做丈夫的已欺身上前，揪住頭髮將她拉出門外，啪啪左右兩個耳光打得和彩搖搖晃晃跌坐在地。男人下手顯然很重，已有血絲從和彩嘴角溢出。男人還起腳沒頭沒臉地直往和彩身上踹，那媳婦搗著肚子，縮住身子哀哀直叫，男人看著還不夠，回過身從地上擔子抽出扁擔，一扁擔就待打下去，圍觀的兩、三個討海的男人忙上來托住他的手，紛紛勸道：

「算了算了。」

「再打下去會出人命。」

男人這才憤憤地重重哼一聲，丟下扁擔，幾個討海人圍上來，圈住他的肩，半推半拉地哄著說：

「幹！到我那裡喝它一瓶白鹿清酒。」

隨著男人們走開，婦女也相繼散去，只有一兩個和彩在蠔圃經常在一起的年紀相若女人，忙上前攙住她。和彩嗚嗚唉唉地低聲哭泣，間或夾著走動時引發痛疼的大聲唉叫，進屋裡翻箱倒櫃磕磕碰碰打了一小包衣物，哭聲叫喊著她要回娘家，詛咒她死也不再踏入這家門一步，在幾個女伴攙扶下很快離去。

阿罔官仍坐在地上沒有出聲。鄰家幾個婦女要扶她進屋，邊勸慰著，顧本嬤以年歲高，評道理說：

「妳兒子也打了她讓妳出氣，不要跟她一般見識，少年人講話無輕無重，別睬她。」

阿罔官直看著前方，有一會才道：

「我坐坐再自己起來。」

同是早上洗衣服的罔市唉喲叫了一聲：

「對啊！聽說老人跌倒要讓她自己起來，拿張竹凳子讓阿罔靠。」

早有人從院子尋來一張矮凳子，放在阿罔官腋下，阿罔官順勢將身子靠上去，仍是那句「我坐坐自己會起來」。家人看阿罔官不哭不鬧，天色又不早，紛紛離去。

黃昏最後的一線光亮已散盡，四周昏昏一片，可感覺到的很快沉暗了下來，入夜裡海風更是聒噪，咻咻的聲響從四方盤旋過來，在空天闊地裡盡徘徊不去，聲聲都像慘烈的呼嚎。

林市原想過去看看阿罔官，但礙於陳江水已回到家中，知道他一向厭惡阿罔官，怕引起他的不快，只有趕緊起灶火煮飯，藉著到外頭水缸汲水，出去幾次，只看到阿罔官仍定定坐著。剛起的一輪青白大滿月，照著她身上灰青色的大𧙕衫褲，林市不知怎地想到燒給死人的大厝裡，那些直挺挺單薄的紙糊人物。

而阿罔官竟連聲哭泣也沒有，林市恍恍然地總覺得那裡不對。以往阿罔官也不是不曾和媳婦吵架，每次媳婦賭氣回娘家，阿罔官還不忘坐在門口哀爸叫母的哭嚎一陣，嘴上我苦、我苦的喊個震天價響，邊數落她怎樣艱苦地拉拔大她阿清，再詛天咒地，要那不孝媳婦不得好死，反反覆覆折騰上大半個晚飯。

這回卻盡不出聲，林市有些納悶，吃飯時忍不住同陳江水提起，陳江水悶哼一聲，沒有理會。

吃過飯正收拾，突然隔鄰響起一聲重物倒地的碰撞聲，林市以為是風吹落院裡的東西，不曾注意，倒是陳江水側耳傾聽，再叫聲「糟了」，操起放在桌上的豬刀，一腳踢開半闔的木門，朝屋外快跑出去。

林市放下正洗的碗筷，本能地也跟著後面跑，陳江水腳步大，已推開隔鄰的門奔進屋裡，林市趕到，就著昏昏的小燈泡，看到阿罔官癱在地上，悶著喉嚨咿咿哦哦呻吟，頸上圈著一條兩三個指頭粗的草繩。陳江水操起手上的豬刀，以刀尖反手一挑，草繩應聲而斷，阿罔官粗重地喘出一口氣，臉已脹得紫紅。

陳江水跪坐在地，將阿罔官上半身扶起，一邊幫她推拿胸部順氣，一面朝林市呼喝：

「快倒杯水來。」

林市翻翻找找半天，才弄來大半飯碗水，手一逕抖顫不止，潑得只剩半碗，陳江水接過，慢慢餵得阿罔官喝下，伸手一抱，好似不曾使什麼力地將阿罔官瘦薄的身子撈起，放到屋裡床上，頭也不回地大步出門，倒還交代：

「妳看著她，我去找阿清。」

留待一個人在屋裡，林市開始感到害怕。昏暗的燈光下阿罔官側過身朝牆躺著，了無動靜，房門口阿罔官原釘釘用來掛繩子的門楣下，有幾塊被壓斷後掉落地上的破裂木板，仍靜靜地躺在那裡。林市原不解阿罔官何以將繩子掛在門楣上，抬頭四望，才發現土墝屋裡沒有屋樑，除了門楣，竟真是無處掛繩子。

林市離阿罔官一段距離，在床旁蹲下，揮除不去眼前歷歷清清似有著的形象：七孔流血，眼睛全往上翻只見眼白，舌頭突出一尺多長，紫紅腫脹地直掛到胸口。林市搖搖頭，心裡同自己說：剛剛才看著阿罔官喝水，她沒有死，何況陳江水馬上要回來。

可是陳江水始終不曾回轉，林市感到時間過去，屋外的風仍繼續翻叫旋迴，一陣響過一陣。有一會，林市幾乎要斷定阿罔官早已死去，她伴著的是阿罔官的死體，從未有的驚恐攫獲住她，肚腹內像極度飢餓般地翻絞起來，紛亂不堪。林市唯一尚有的具體念頭是要起身跑出門外，但手腳發軟，只能蹲在地上，以雙手環抱住腳，身子抽搐抖顫著。

然後林市聽到自己的聲音，低迴嘶沙地在喊：

「阿罔官、阿罔官。」

聽著似若在叫魂，林市趕忙住口，屏住氣一會再出聲，才能順暢地呼叫。而那聲音在低矮的家內回轉，聲聲都似具有無盡的壓力，沉沉地翻壓下來。

急切中林市連聲呼喚，彷若再遲些阿罔官即不再回轉。有片刻後阿罔官才重重地哼一聲，聲音中有著哽咽，接著急促、尖高地細聲抽啜起來，並間斷的停歇，中間夾著沉重的呼吸與喘息聲。

林市這才活動起來，雙手按住地想使力站起，但久蹲後雙腳痠軟，一個踉蹌朝前栽倒，順勢爬向阿罔官床前，扶在床腳跪著身子，伸手撫住阿罔官的肩，觸手是堅硬骨頭的瘦肩，卻仍溫暖，林市鬆下一口氣，不知怎哇地一聲跟著哭泣起來。

當陳江水夥同阿清回來，林市仍不曾察覺地兀自嚎啕哭泣，以致剛進門的阿清慌快跑到床邊，雙腳一併下跪，慘叫聲「阿母」，呼天搶地地跟著痛哭起來。

陳江水一驚下也趕上前，正值阿罔官聽到阿清的聲音要翻過身來，陳江水反手一巴掌打向林市，口中罵道：

「人好好的哭什麼。」

林市錯愕中方止住哭聲，身旁原跪著的阿清回過身，朝她深深地伏身拜下去，清楚地說：

「妳救我阿娘，我給妳磕三個頭。」

林市愣怔在那裡，阿清的頭觸地，泥土地上傳出一聲悶重的碰擊，阿清直起身子，林市看到一張因酒而漲紅滯腫的臉面，但神色十分清醒，渾濁牽滿紅絲的眼神朗靜，而且虔誠。林市尚未回過神來，阿清的頭再度觸地，林市慌亂中彎下原跪的身子，匍伏在地上，耳邊又聽到沉沉的碰撞，這聲更重更響，驚愕中林市繼續伏身在地，不知該如何地不敢動彈。

感覺到陳江水將她拉起，恍恍惚惚地林市知道自己回得家中，還未有心思去會意那晚上究竟發生些什麼，陳江水已將她按倒在床上，粗暴地扯她的褲子，整個人崩倒似地壓在她身上。

陳江水那般拚了命似的需求使林市驚恐，加上阿罔官頸上束著草繩的形狀歷歷在眼，林市不知哪來的力量開始極力的反抗。她咬、抓著陳江水，雙腳亂踢，可是只換來陳江水更大的興致，他一面連聲幹、幹的咒罵，一面遊戲般地抵擋林市的攻擊。

幾近乎使盡力氣無法掙離陳江水壓在上面牢重的身軀，林市停止掙扎，然後一個念頭來到心中，林市大聲喊叫：

「我那個來了。」

陳江水止住動作，但粗重的連連喘息，並破口大罵起來，林市看他原即要翻身下來，卻仍不甘心地伸手摸她下體與褲襠，接著一個巴掌打得她眼前一片昏黑，還聽得陳江水詛咒：

「幹伊娘，臭賤查某，還敢騙我，幹……幹死妳。」

驚嚇中林市不敢動彈，也出不了聲音，只任憑陳江水在她上面、猛烈地快速地擺動，搖晃得她昏沉沉，只看到黑暗中一對眼睛，凶閃閃地閃著光，耳邊聽來陳江水混雜沉重的呼吸聲，與夾於當中一再重複的低語：

「我幹死妳，我幹死妳那臭××，幹死妳……幹死妳……」

很長的一段時間，林市感到渾身被震盪得幾乎要四分五散，陳江水才止住，也不再喃喃咒罵，翻身下來，立即傳出鼾聲的沉沉睡去。

林市躺在黑暗中，有片時根本無法動彈，俟稍能回過神來，湧上林市心中和彩指罵阿罔官與阿吉不清不白的話語。難道阿罔官竟是為這個要偷阿吉伯，甚至到要因此上吊，林市心裡想，如果真是這樣，這究竟是怎麼回事？林市不解地朝自己搖搖頭，努力想了一會，仍沒有結果，而屋外夜裡的海風，一陣猛過一陣。

5

阿罔官上吊的消息，在隔天天未亮，即傳遍討海人一向習於早起的陳厝。林市那早上原還等阿罔官去洗衣服，久等未見阿罔官過來招呼，只有自己收拾待洗的衣物，攬著木盆與洗衣板到得井邊。

水井旁十來個洗衣婦人看到林市，一致止住話。罔市熱絡地將身旁一堆衣服搬開，讓出一個空位，招呼林市過來，一邊就開口問：

「聽說妳殺豬仔陳救了阿罔官，妳也在場幫忙？」

林市微略錯愕，還是本能地點點頭。

「妳有看到阿罔官吊著的形狀嗎？」接問的是春枝，她那幾天患風寒，尖高的嗓音咽啞了些，仍較旁人高銳。

春枝這一問，幾個人幾乎全停住手中的動作，抬頭來對著林市，窘迫中林市有一會不知如何開口，還好顧本嬸接話：

「她昨晚怕被嚇著了，不要逼她。」

「阿罔官沒有吊著。」林市突然說。「釘子掉了伊摔在地上，阿江聽了聲音才去救伊。」

幾個女人頓時顯現失望，罔市還接問：

「伊有沒有眼睛凸出來，舌頭垂到胸前，七孔流血？」

林市搖搖頭。

「怎麼會沒有。」春枝嘟囔著說。

「啊！有啦。」林市突然才又想起。「伊臉上漲得紅紅的，像茄子那種顏色。」

幾個女人交換奇特的一瞥，林市看著不解，怕自己說錯什麼，加上從不曾在這許多人前說話，手竟微些發抖。有片時的沉默，每個人都似極專注在洗衣服，直到顧本嬤乾咳一聲，緩緩道：

「有話就說，別假推讓又要挾雙筷。」

罔市四下飛了個眼風，確定沒什麼礙眼人在跟前，才吞吞吐吐地咬住話說：

「我也只是聽來的，不是我說的，要不雷公會打死……」

罔市這番話顯然引起更多興趣，一時大家紛紛催促。

「我聽說，阿罔官根本無存心上吊，只是做個樣子嚇人，要不，有誰會釘釘子在門楣上吊，不是憨得像人家的膝蓋骨嗎？」罔市一口氣說，還不忘加道：

「這不是我說的，我也是聽來的。」

驚訝中林市不曾多想，脫口道：

「可是伊當時脖子上束一條草繩……」

「這妳哪裡知道。」春枝打斷話。「妳會看打什麼結？」
林市搖搖頭。
「就是嘛，死結怎麼能上吊。」
林市張著嘴愣怔住，一旁的顧本嬤拉拉她的衣袖，林市才回過神。
「講這些沒用。」顧本嬤極為儼然。「妳和妳殺豬仔陳去救阿罔，吊死鬼最難纏，這回阿罔吊沒死，那吊死鬼不會放你們干休。」
所有洗衣婦人聽顧本嬤這麼說，全屏住氣息。
「我怕妳殺豬仔陳不信這款事，妳回去要阿清準備一份豬腳麵線，豬腳要牽紅線，拿到妳家燒金，還要放一串鞭炮。聽清楚沒？」
林市木然地點點頭，眼淚由著驚懼汩汩流下。顧本嬤一手拍著林市的肩，一面轉過身去說：
「人沒死就是萬幸，妳們還在這裡說是非，不怕……」
「我剛就說是聽來的，不是我說的。」罔市急急地打斷顧本嬤。

「我也是聽來的。」春枝接口。「看阿罔那種人，哪會真去死。」

「萬一是真的？」顧本嬤說，生氣了起來。「如果是妳要死，妳還分得出綁活結或死結。」

春枝朝旁呸地重重吐出一口痰，嘴裡叨唸著，但沒出聲。

林市低著頭，胡亂地搓洗過幾件衣服，絞乾放在木盆站起身要走，顧本嬤拉住她的手：

「我講的妳記住了？」

林市眼眶一紅點點頭。

走離開井邊，林市不知悉地突然想到那跳井身亡再顯靈的菊娘。有一天，如果我要死，林市想，我會去跳井，才不至像阿罔官那樣嚇著人，而且，我不會打什麼死結、活結，我不要她們笑話我。

憂慮著怎樣同陳江水或阿清提及豬腳麵線，林市低著頭緩緩走回家，踏進門檻一抬頭，才看到一屋子沉靜的或坐或站的人，匆忙中辨出中間大位上坐著的是陳厝莊的父老來發伯，還有阿清赫然也在場。林市心中一緊，低下頭匆忙走入房內。

土角厝廳與房之間不設房門，只有一道布帘相隔，林市將木盆放在地上，順勢在牆角蹲下來仔細傾聽。有一會才有個持重、聽得是來發伯老弱多痰的喉音在說：

「沒什麼事，我想吊鬼就不用送了，免得驚動四鄰。普渡完本來就有幾次神明夜訪，多留意就是。」

接著一陣乾咳與呸呸的吐痰聲音。

「我就替你們做這處理。」那聲音繼續說。「陳江水、陳阿清，你們有無滿意？」

林市聽到陳江水的聲音應了聲是，阿清也回句：全憑作主。接著是搬動物品、拿東西的聲響，一會後線香的香味迴滿屋裡，加上燒紙帛的濃煙味，四處一片煙霧，然後，鞭炮接連劈劈啪啪震天地響了起來。

林市等人聲散盡才從房裡出來。八仙桌上一個大竹盤中，放著一對肥大的豬腳，近黑色足蹄處，果真還以寸來寬的紅紙纏上一圈，那豬腳已煮過，腥腥地泛著一層油光。一旁的幾束麵線則原封不動，還留有簡家賣出來時綑的紅線頭。

裊裊的線香仍繼續散發出一股濃香，在光線不是十分充足的土埆厝裡，在接近日午時，熒熒的幾點火頭幽微但持久，不斷地吐出暗紅色的微光，映著牆上懸的太上老君畫像，幽幽忽忽地飄渺深遠。

那肥實的豬腳、一束束細密的麵線、氤氳的線香，還有一地的鞭炮碎紙，讓林市感到心安。她在八仙桌前站好，虔敬地合起雙掌，閉著眼睛用最誠摯的心祈禱，低聲地唸著：

「媽祖婆、觀音菩薩，請保佑阿江和我，阿江叫陳江水，是個殺豬的，我是他的牽手，叫林市。我們驚動一位吊鬼，但是為救阿罔官，阿罔官是我們的厝邊，伊一時想不開要吊死，阿江和我救伊，沒什麼歹意，媽祖婆你一定要保佑阿江和我，不會被吊鬼抓去……」

拜完後林市感到心安，看看時候不早，得準備午飯，林市起了灶火洗了米煮飯，心中老惦記著那對肥重的豬腳，幾番到廳裡探看，不知怎地竟不敢動手去取。

按一向拜拜的習慣，燒完金即表示神明已吃過，可以拿下來吃食，那天中午家裡也沒什麼菜吃，林市更迫切地想嚐嚐從未吃過的豬腳麵線滋味，可是終究不敢去八仙桌上取那對豬腳，只好心中一再撫慰自己地想：多拜一會神明才會保佑，晚上再要阿江拿下來吃。

就這樣一耽擱，林市錯過將番薯籤加入飯裡的時間，一想及，飯早已悶熟水也煮乾，加不進番薯籤了。林市擔心陳江水會責罵，果真陳江水一看飯碗裡全是白米飯，一個巴掌摔過來：

「妳是存心把我吃得傾家蕩產，妳不要忘了以前番薯籤都沒得吃。」

林市默不作聲低下頭。

陳江水扒幾口飯，看眼桌上只有盤空心菜與魚乾，粗聲惡氣地問：

「怎麼只有這些，菜都被妳偷吃光了？」

「你好幾天沒帶東西回來。」林市幽幽地說，看眼八仙桌上的豬腳，突然加道：「我把豬腳切來吃好嗎？」

陳江水停下碗筷有一會，彷彿才想及有這麼一會事，卻不曾接說什麼，也不曾望眼那對豬腳，兩、三口就著空心菜與魚乾匆匆吃了兩碗飯，碗筷重重一丟出門去。

那天下午林市坐在門口，等待著阿罔官或會像以往過來坐坐，就可以問她該如何處理這對豬腳。等了許久，阿罔官始終不曾過來，林市坐著不知不覺打起盹，靠在門上就著偶爾拂來的海風，沉沉地睡了過去。

夏日午後的睡夢黏膩紛亂不堪，林市夢到自己去取那對豬腳，混了麵線煮熟，一挑起來吃，長長的麵線變成一條條往外凸出的紫紅色舌頭，豬腳也從切開處滲出暗紅色的瘀血；她卻不能制止地要挑起豬腳麵線往喉裡送，直到感覺自己眼睛往上吊，喉嚨越勒越緊才驚醒過來。

由於坐在椅子上睡著，頭往一邊偏彎，林市揉了許久脖頸處，仍感到瘀疫難禁。

那傍晚陳江水較往常遲回來，一進門臉即十分陰沉，未吃飯已開始喝酒，並呼喝林市要東西下酒。林市怯弱地回答家中已沒有任何小菜，恐懼著又有一頓打罵，沒料到陳江水酒意中不經心地說：

「把那副豬腳切了。」

巨大的、陰色的恐懼臨上林市心頭，她慌張地道：

「那對豬腳拜了吊死鬼。」

「什麼吊死鬼。」陳江水手一揮。「我不是那些怕生怕死的討海人，我不信邪。」

林市遲疑著沒有動靜。

「我殺了那麼多豬也沒事。」陳江水嘿嘿地冷冷笑著，幾分自語道：「吊死鬼要回來，找我好了。」

有陳江水這樣的承擔，林市比較不感到害怕，依言取下那對豬腳，斬開才發現整隻豬腳只有表皮煮熟，裡面仍是血水涎滴。煮過未乾的血水是沉沉的褐色，十分濃濁，林市想到七孔流血會有的紫紅的血，不祥的恐懼再度臨上心頭。

將豬腳在水中滾煮一會，林市一截截撈起，放入一隻大碗公，肚腹裡翻滾著一陣陣作嘔想望，林市將頭撇向一旁，原封不動地將豬腳端上桌。

陳江水啃咬著豬腳蹄，嘰嘰喳喳出聲，看林市始終不動筷子，不解的笑謔道：

「你不是最喜歡偷吃，歪嘴雞又吃好米，這回假客氣起來了，怎麼不吃？」

林市不語也不理睬，陳江水再試過種種方法無效後，頓時怒氣上升，伸手重重朝桌子一拍，震得碗碟一陣鏘哐作響。

「妳不吃，我就揍妳。」陳江水惡狠狠地威脅。

林市這才挾起一塊豬蹄放入口中，沒什麼特別味道，再一咬，黏膩的膠狀黏液流滿嘴裡，不僅沒有想像中的好吃，那皮、筋與肥脂肪嚼起來牽扯不斷，像老舊的大海魚皮。第二口林市不敢細嚼，囫圇吞了下肚。

林市皺著眉頭吞食豬腳的樣子讓陳江水感到興奮，他樂得嘿嘿狂笑，將更多的豬蹄聚集到林市碗裡，林市艱難的一一吞食，還好腳蹄處包含大塊骨頭，沒一會也即悉數吃盡。

一旁觀看的陳江水仍興致昂然，醉步蹣跚地到廚房裡一把抓來近大腿處的大塊豬腳，朝林市前面一丟，命令的一疊聲道：

「吃，吃，吃，看我多夠氣派，讓我牽手吃一整隻豬腳。」

那近大腿處的大塊豬腳只有表皮熟透，裡面由於肉塊堆累，大部分未熟，中心處一片赤紅，血水腥腥地涎滲出來，林市看著交到自己手中一團沉甸甸血肉模糊的肉堆，哇的一聲連連張口吐出剛吞下的豬腳，還連續乾嘔，最後只不斷吐出酸黃的苦水。

這一陣嘔吐使林市感到心虛氣急，是夜翻翻轉轉盡作些片片段段奇特的夢，驚醒過來大半已不復記憶，模糊中聽到雞啼，看外面這一片沉黑，林市才熟熟睡了下去。

卻只一會，即意識到有人在脫她的衣褲，實在太倦累了不願醒來，只喃喃地說：

「我那個來了。」

劈啪地被打了兩巴掌，林市驚覺地張開眼睛，聽到陳江水嘲弄道：

「又想用這個來騙我，沒那麼容易。」

「這次是真的。」林市虛弱地辯解。

黑暗中陳江水自顧嘿嘿的笑著，很快占有了她。這回陳江水雖不曾捏打她，也不是太粗暴，但時間極為長久。林市仰躺在床上，從未在流血這段時間裡被侵犯的恐懼使她以為自己即將因此死去，痛苦中只能哭泣著呻吟，而窗外的天極度沉暗中昏昏地微明了起來，俟陳江水翻身下來，就著透進來的第一線曙光，陳江水看到身體那部分染滿汙穢的暗紅色血液，床板上與女人的下肢體也沾有鏽褐色的汙血與血塊。

6

鹿城始自七月初一到八月歷時一個月的普渡，由於每個地區普渡的時間分散，殺豬者在七月裡相較於舊年或天生公，不見得特別繁忙。當然，有些地區，像普十三的金盛巷或普初九的興化媽祖宮，地處鹿城的市鎮中心，是一般所稱的「街上」，街上的人們在鎮裡擁有店面，鎮郊還有田可收租，生活自非靠海的陳厝莊或鎮郊「草地」可比擬，在普渡祭拜的花費，也很可觀，殺豬者在那幾天，自有一番忙碌。

十七普陳厝這一天，豬灶雖不曾排一列待宰的豬仔，仍較往常多綑來幾條肥豬，幫工與負責清洗工作的女人們，都有著今天得手腳快些的準備，盡快要先殺好幾頭豬仔運出去，才不至誤了清晨陳厝莊人趕早來買供品的時間。

時候已不早，卻不見陳江水到來，幫工們紛紛笑罵「有了牽手起不來」，手腳也不曾閒著，先行將待宰的幾頭豬仔綑綁好側放在V字型的臺口上，女人們早燒好一大鍋滾燙的熱水，一切俱準備就緒等待陳江水到來。

天矇矇要大亮了陳江水才趕到，已略遲了些，陳江水顧不得去換上橡皮鞋，在笑罵的怨怪中趕上第一臺豬灶V型的臺口，不見他怎麼出手，一條四、五百斤重的大豬慘切地咿哦長叫一聲，渾身起一陣抖顫與痙攣。

俟陳江水的手一離開，側著平躺的豬仔頭也側向一旁，因而足足有小碗口粗的血柱，向上噴得並不高，只有七、八寸高光景，但血量極多，冒著泡沫洶湧出來。早有婦人拿器皿來盛裝，不過仍有部分血液潑濺出來，特別是號叫的豬仔盡力掙扎時，常使血液噴灑沾染平臺。直到大量的血液湧流出，一兩分鐘後，掙扎與號叫已變得十分微弱，幫工這才將豬仔從平臺上拉起，推往地下，豬仔躺在地上，還一陣陣抽搐，血也從喉處缺口陣陣溢出，染得四周一片腥紅。

這就是陳江水的時刻了，當尖刀抽離、血液冒出，懷藏的是一份至高的滿足，就像在高速衝擊的速度下，將體內奔流的一股熱流，化作白色的濃稠黏液，噴灑入女性陰暗的最深處，對陳江水來說，那飛爆出來的血液與精子，原具有幾近相同的快感作用。

只於陳厝莊普渡那早上，陳江水看著噴灑開來的點滴腥紅血液，不能自已地要一再想到的卻是床板上鐵褐色的點點血塊，無名的憤怒與一種清冷的恐懼，使陳江水機靈靈地打了個冷顫。

絕非不在意女人的經血會觸男人霉頭這種說法，特別幹的是這種刀子見紅的行業，討個好彩頭比什麼都重要，陳江水在心中喃喃地咒罵，有些不能輕易原諒自己大意，嘴裡輕念著：笨，幹，真笨，幹。

而豬灶的工作仍火速地在繼續，一俟豬仔被推倒在地，女人們早一擁而上，將歃過血的豬仔拖到水井邊，從井裡打來水沖刷豬仔全身，再推到一池滾水中去毛。燒水處在水井對面的的另一端，一口磚砌的大灶柴火不斷，灶上的巨鑊裡，滾燙的水不斷被汲出，再加入冷水。

至於陳江水，雖然心口中腫脹滿無名的怒意，也在拔出尖刀後，本能地走離到下一臺豬灶。另一批幫手們，已將一頭豬仔，穩穩的按住在另一個V字型的臺面上，等候陳江水上來。於是，同樣的事情再次重複。

如此重複再重複，陳江水使盡氣力穩住手中的尖刀，也逐漸進入工作中，猛然一停下來，陳江水才發現早為臺上一連十來隻豬仔放過血。回過頭來，第一隻放血的豬仔已去毛洗淨，後腿被鎖在V型臺前上方的鐵環內，倒吊著等他去開膛。

通常陳江水這才開口同幫手們扯些女人們的笑話，一面走上前去，閒閒舉起手上的刀，沒入豬仔胸膛，一刀直畫下來，豁然一聲，豬仔肚膛齊開，不見血液，但見灰白色的肚腸齊往外擠湧。幫手們這才上來，很快將一整副內臟、腸肚掏出，再將倒掛的豬仔取下，這時豬仔的嘴內與喉頭，還會有濃紅的血液滲出。

這情形在陳厝普渡的早上有了改變。由於來得較遲，陳江水不曾再談女人，看來似乎更專注的來開膛，可是一刀下去，刀口不夠深，竟然沒穿透肌肉，只有再補上一刀，而切口已不整齊。這情形極為少有，往常偶有這種現象，陳江水會呸的一聲朝地上吐口口水，狠聲咒罵是什麼觸了他霉頭。普渡那早晨，陳江水連連失誤，有時刀口畫得太深，甚且傷及腸、臟，陳江水都不曾出聲。

「昨天晚上工作太多啦！」一個也能操刀的幫手笑著揶揄。「要不要我來？」

陳江水搖搖頭仍不開口，只神色凝重的集中氣力去對付手上的豬刀，握刀的手由於緊握出力，微微的顫抖起來。

接連失誤幾次後，陳江水感到雙手慢慢沉穩下來，深吸一口氣再緩緩吐出，整個胳膊到手腕氣又順了，抬手一揮，尖刀畫過，整個豬腹像拉拉鍊般的自脖頸處畫的一聲打開，分毫無誤。

陳江水站定，這才咧咧嘴笑了，朝地上重重的呸吐出一口口水，閃掠過心中是晨一床板上的褐色經血，陳江水眉頭一皺，呸呸再連吐好幾口口水。

再接下去的工作就十分輕易了，已開膛的豬隻被移到一個小房間，兩隻後腿仍然被索鍊在鐵環裡倒吊，負責打印的人這時會趨前，以滾筒滾上一排排紫青色的印記，豬頭中央當然也不忘打上記號，打印完畢，幫工則以一把尖刀的大豬刀，順著頸骨，幾刀將一顆豬頭切割下來。

肚腹被切開的豬仔可以攤開扒在人力車的車板上，連同頭與內臟由肉鋪載走，怎樣連皮帶骨或精挑瘦肉地賣給顧客，則端看賣肉屠夫的手藝了。

陳厝莊普渡那早晨，由於趕著讓豬隻出門，陳江水也到小房間裡幫忙切下豬頭。正順著頸骨隙縫一刀砍下一個肥碩的大豬頭，陳江水突然朝站在身旁一個矮小的中年男人道：

「阿扁，這隻你的，有否給人訂了？」

被喚作阿扁的男人搖搖頭。

「那豬頭算我的。」陳江水說。

「行啦，老價錢。」阿扁一巴掌拍向陳江水的肩。「要不今天普渡，豬頭做三牲，價格好咧。」

用麻繩穿過豬嘴再牢牢地綑住豬頭，陳江水拾著繩子一端走出豬灶，太陽已高高升起，又是個萬里無雲的盛夏晴天，陽光金光閃閃地當天當頭潑灑下來，映照豬灶旁已開始結穗變黃的稻田柔亮的一層淡金。有微微的風從空曠的田野四方吹來，軟軟的已略有暖意。

顯然又將是鬱熱的一天，陳江水走在小路中，兩旁高長的竹子在風翻過葉間時窸窣作響，一時間，陳江水竟不知要該往何處，只有傍著一株碗口粗的綠竹站定。

這時辰除了回家面對林市那張長臉、始終躲閃的眼神與驚惶的神情，又有哪裡可去？陳江水憤悶地想。而後，一個念頭極自然地潛回心中，陳江水想到金花，還有金花那睡熱的隔夜被窩。

從豬灶到後車路，有一條蜿蜒在稻田中的小路可通達，走來也不過十分鐘光景。被命名為後車路的這地區，是一條大巷道的後街，一長排兩旁各有十來間屋舍，大多是平矮的木板房子，僅有一幢兩層樓的木造閣樓，是前清的建築，喚名「風月樓」，二樓陽臺處的「美人靠」，一長列突出凌空的座椅，靠背以優雅的彎曲弧度向外伸張，黃昏時候，眾多妓女靠坐在這美人靠上，頻頻向下面行過的恩客飛眼風，曾為鹿城盛傳一時的盛事與趣談。當然據說，那時候的妓女能詩善畫，還彈得一手好琴藝，她們或以藝待人，賣笑不賣身，被喚名為藝旦。

現在歷經一長段時間，美人靠久不修護，只剩幾根橫斜的殘木，沒有人膽敢再靠近，「美人靠」再只能聞其名。甚且「風月樓」，少去當年能彈擅歌的藝旦，文人雅士或巨商富賈不再聚集，整幢閣樓已相當殘舊。一方據說是出自某個有功名文士的匾額「事關風月」，斜斜的掛在入口處，泥金的草書體字，因著老舊與塵埃，也不再飛揚。

卻不論如何，「風月樓」仍有後車路較體面的女人，所謂較體面不過年紀輕些、樣子周正些，這些女人絕無她們的前清先輩能詩善畫，也不可能只賣笑不賣身，因而，和其他後車路女人一樣，她們也被鹿城人叫作「攢食查某」。

對陳江水來說，過去謂為奇談的文人雅士嫖妓，根本毫無意義，「風月樓」曾有怎樣的雅事，絕對不如一個女人被壓在下面，兩腿張開實在，再有要求，最好是能恣意狂叫。而陳江水以為，「風月樓」那些年輕的查某，是不會懂得這些的。

所以陳江水選擇了「來春閣」，特別是金花的熱被窩，雖一再被殺豬的同伴嘲笑為認個老母要奶吃，陳江水多年來仍大多數時候來找金花，久了後，整條後車路的女人們都知道，陳江水專愛金花那口騷叫聲。

那陳厝莊普渡的早晨，陳江水踏入後車路，舊有的繁華現在僅存這條石路，整個路面都由一條條長三、四尺寬一尺多的灰麻石鋪成，一長兩短地錯落排成簡單的圖樣。石板路面總不泥濘，恩客們永遠可以來去匆匆。

陳江水來到「來春閣」，陳舊的兩扇木板門依舊緊閉，有一陣子沒來，恍惚地竟有些生疏，但也說不上為什麼，倒是查某們不知輪換過幾回，老娼頭是否還在，都還難說呢！

金花如果還留下來，照例該住原有右邊靠路旁房間。陳江水舉起手，在長條木板排列組成的窗板上重重擂打幾下，一面出聲呼喚：

「金花，金花開門，是我。」

每當金花有客人留宿，老娼頭會來開門，照例一面陪笑臉一面笑罵：大清早吵人睡眠。如沒客人，金花會自己起來，閒閒披上件大裲衫，嫌扣絆扣太麻煩，一手扯過衣襟在領口處拉合，一手拉開門閂透過半開的門縫先瞧人。

陳江水等一會，不見人來開門，心中開始發急，舉起手再要擂窗板，門啊一聲開了，陳江水大步踏上前，屋內十分陰暗，外面光耀的夏日七月陽光透進也只能勉強照明，陳江水看到因雙手拉門，一件大裲衫只斜斜披在肩背上的女體，胸前一對豐大、向肚臍處下垂的乳房，使他立即辨認出是金花。

「金花，是我。」

陳江水急促地說，一踏進門即動手去摸捏那對垂長碩大的乳房。女人坦然地站著，沒有逢迎，也未曾退縮，直到有一會陳江水鬆放手，才在前引導其走向房內。

女人在一間狹小的、六七尺寬的房裡扭亮了一個小燈泡，昏暗的光亮下可見一張木板床和床邊一把竹椅。床上一條白色底有絳紅色被頭的被單，白色部分十分汙穢，已近乎灰黑色，還沾有斑斑深色點印。女人一腳跨上不高的床，順勢扯下披著的大裲衫，仰躺下來拉住被單蓋著肚腹，一面平緩地說：

「夏天貪涼，睡了又怕涼著。」

女人的聲調顯較粗重，話音也是鹿城郊區的草地口音，有許多上揚的尾音。

陳江水在牆上一枚長釘上仔仔細細將綁豬頭的麻繩套好，再幾下除盡身上的衣物，毛茸茸一條肥重的身子爬上床傍著金花身邊躺下，也拉來被單一角罩住下部肢體。女人俟陳江水躺好，才又接續說道：

「你好久沒來。」稍一頓，仍平平說。「有牽手就不來了。」

陳江水沒有接話，將女人平躺的身子扳過來向他，整個臉面緊緊貼上女人肥碩的一對大奶間，深深吸幾口氣，晨間被叫醒的女人身上仍有著一股甜暖的身體與被窩的氣息，是一種夜裡的暖意。陳江水將頭在那對大奶間找到一個舒適的位置，說聲：我要先睡一下，果真沉沉立即入睡。

女人安靜的睜眼側躺著，她有張寬大的臉，大眼厚唇開朗地布置在平闊的臉面上，乍看有幾分魯鈍，但自有一份懶怠的甜膩——這或多或少與她的職業有關。她的身體強壯，是勞動過的草地婦女體型，還有一雙硬大的手，這些年來由於不再勞動，加上年齡，整個身體鬆肥了起來，但肥重中仍留有過往工作支架起來的強健，因而變得十分安適，皮膚依舊是原有的日晒成的棕褐色，整個身體像一片秋收後浸過水的農田。

她睜眼躺著一會，看陳江水熟熟睡著，一時不會醒來，早晨的後車路十分安靜，連叫喚的小販呼喝聲都可聽見，房裡的空氣濁重但溫暖，女人閉上眼睛，不一會也再睡去，還低低地發出鼾呼聲。

也不知有多久，女人感到陳江水在胸口處挪動，尚未完全醒來即以為陳江水要她，翻過身本能地擺好姿勢，陳江水卻未有動靜，只聽得他歡快地說：

「睡得真舒暢，補回來好幾眠沒睡好。」

女人仍閉著眼睛沒有接話，下肢體維持原有的張開姿勢有一會，等陳江水不曾上來，才出口問：

「你不要啊？」

「早上幹我女人，幹到一身月經。」陳江水鬱悶地說。

女人吃吃地笑了起來。

「著猴，這麼猴急。也難怪，聽你們陳厝莊來的人說，你牽手真行，每回都爽得唉唉直叫，三里外的人都聽得見。」

「哪有妳會叫。」陳江水性起地涎著臉湊上前去。

「還不是裝的。」女人爽朗地呵呵大笑起來，露出一口健壯的潔白牙齒。

「你那麼久沒來，好久沒叫，現在大概叫不出來了。」

「三八查某。」陳江水低低地、溫和地說。

兩人躺著有一會沒說話，然後，女人才又漫不經心不在意地說：

「我快不要做了。」

「嗯？」

「我婆婆要我回去，說過繼我大伯的尾子給我。」

「妳答應了？」陳江水性急地撐坐起半個身子。「他們要的還不是妳手頭的錢。」

「我知道。」女人聲音中了無詫異。「但是我這樣下去也沒個收尾。到四、五十歲做個老娼頭，迫別的查某賣來給我吃喝……」

女人沒有說下去，陳江水也不接話，然後，陳江水突然問：

「你尪死後，他們過去那款迫你出來，你還敢回去？」

「那是因為我沒生小孩。」女人伸出一隻手憐惜地撫摸著肚皮。「不知怎樣這個肚腹就是生不出一隻蟑螂。」

「金花，」陳江水憂慮地說：「回去要下田，你吃得了苦？」

女人動一動腳趾，她有一雙常年踩在泥土地裡，腳趾頭一個個遠遠分開的大腳掌。

「我最近很會眠夢，夢見家裡的豬母生了二十五隻豬仔，沒乳可吃，都向我跑來。我去問龍山寺的觀音菩薩，廟公替我解說，說是我婆婆伊們這幾冬收成不好，像那些豬仔，在跟我要東西吃。」

女人絮絮地說，到個段落，才再想到陳江水的問話，轉接道：

「辛苦也比在這裡好。」

「這樣也好，才有個收尾。」陳江水略一想。「不過，錢要抓緊，不要忘了當年怎樣被逼出門。」

「我會啦！」女人綻開一個燦然的，沒什麼心思的笑。

「哪個時候回去？」

「我婆婆前幾天來拿錢，要我就回去，我想多做一陣，最近剛調來一團兵，生意好得很。」

「以後聽不到妳叫啦。」陳江水一拍女人圓肥的屁股，「幹不到妳了。」

「你來我莊裡找我。」

「三八查某。」陳江水笑罵。

兩人相對大笑起來。

併躺在床上，陳江水聽女人講她婆婆怎樣拿她的錢買下一隻豬母，最近就要生了，生下來小豬再養大，他們就會有一點錢，她原先也存了些，可以去贖幾分地回來，有地又有豬，就不怕挨餓了。然後，女人突然想到般地隨口加道：

「以後要殺豬，就來找你幫忙。」

陳江水呵呵大笑了一陣。

「偷宰豬，妳不怕抓去關？」

「我自己的豬怎麼算偷宰？」女人理直的說。

「查某人，不辨世事。」

陳江水帶教訓的口吻說，然後，同女人仔細地解釋殺豬要如何打印上稅種種。儘管陳江水顯然在炫耀他的專門知聞，女人也知道這點，仍沒什麼在意地傾聽，她大但灰暗浮腫的眼睛定定地看著前方，卻不注視什麼。她在陳江水敘述的段落裡也會插上一兩句「噢，這樣」，也還是閒閒的語意。

但當陳江水講完，女人敏捷地反駁：

「我自己的豬殺來吃，吃不完分給厝邊親戚，還要打稅，哪有天理？」

「幹，就是這樣。」陳江水一把摟住女人的腰。「還好打印不是納到我的錢，要不然，幹，我才不放伊干休。」

陳江水說著，不知怎地就憤怒了起來，他感到一陣急氣直衝往腦門，兩旁太陽穴劈劈啪啪跳動，他陷在肉裡的眼睛閃著光。

「金花，我跟妳講實在的，以後有人對妳敢怎樣，妳來豬灶找我，我豬刀拿來讓伊好看。」

「我會啦。」女人溫和地、平緩地說，將臉頰貼著男人的臉。「你不要這樣，好像要殺豬似的。」

「我知啦，每回氣一起來就是這款。」

陳江水無助、軟弱地說。適才那突地昂揚起，集中精力要去攻擊的亢奮已消退下去，一種抑鬱的、平漠的荒蕪使陳江水開始說：

「不但殺豬要打稅，撿豬糞也要給人管。」

女人不經心地哼一聲。

「我五歲就出去撿豬糞，背的竹簍快要有我那麼高，阿媽每次都摟著我哭，她自己還要替人家磨豆腐。」

「這樣啊！」女人說。但她顯然經常聽到這類敘述，不曾有同情，只默默安靜地傾聽。

「有一次運氣很好，豬糞很多，小孩子也不知道太重會背不回家，撿滿滿一竹簍，背上身就摔倒，又不甘心拿掉些，只有用拖的，拖到半路，被兩個小孩打了一頓，竹簍也被搶走。」

「嗯。」女人輕輕出聲。

「阿媽半夜要去磨豆腐，晚上還趕替我編竹簍，那時候我七、八歲，我就想，有一天我一定要打回來。」

「你真的做了？」女人嘰嘰咕咕地笑起來，雖然早知道結果，仍不禁興起追問。

「當然。我進豬灶，有一班兄弟後，我也攔在路上，把伊們摸一頓，阿甘伯的兒子被接得躺了好幾天。阿春的兒子比較輕，但眼睛差一點被打出來。」

「不要這樣嘛。」女人莊肅地說：「觀音菩薩都說，善有善報，惡有惡報……」

「伊們被我打，就是惡有惡報。」陳江水打斷女人的話。

女人噗嗤一笑。

「我就是說不贏你，不過，聽人說凡事要存個底留個後步呢！」

陳江水無置可否地點點頭。

「我比較喜歡聽你講賣土豆的那一段。」女人推一推男人肥重的肩膀。「說來聽聽嘛。」

陳江水些微赧然，但還是說：

「我小時候也去賣土豆，我阿媽把帶殼的土豆煮熟，放在籃子裡讓我四處去賣。有一年不知為什麼，連連下了好久的雨，我賣了很多土豆，就是……」

「就是小孩不能出去玩，在家裡四處跑，大人買土豆騙騙小孩。」女人替代地說。

陳江水陰沉地一笑。

「妳都記得還要我講。」

「我喜歡聽。」女人張大眼睛望向屋子一角。「那些兵來，都講很奇怪的事情給我聽。」

「什麼事情？」

「怎樣玩耍人家的查某。」女人又回復她的不經心。「你還沒有講水淹到胸脯那一次。」

陳江水順從地、和緩地說：

「有一回雨下得很大，很快就淹大水，城隍宮附近水先是到膝蓋，我籃裡還有一些土豆，怕賣不完會黏，就再去賣，沒想到水一直漲上來，一下就漲到胸脯，我差點被水流走，還好附近有一株大榕樹，趕快爬到樹上。」

「你的籃子和土豆呢？」女人問。

陳江水呵呵地笑了起來：

「哪還記得。」

女人沒有立即接話，有一會才又突然想起似地說：

「我們草地人，沒得吃好穿好，不過我小時候，我們家一碗番薯稀飯吃是有的。」

陳江水的臉面陰暗了下來，不再接口，兩人併躺在床上，屋外斷續傳來小販的吆喝聲——一個尖高的老年男人聲音特別出眾，拉得又直又長的音調呼喚：豆——花，杏——仁茶，咿咿啞啞地直召喚過去，鄰室房間也開始有人語、開門、東西碰撞聲。陳江水啊地打了個長呵欠，伸一伸腰，從床上坐起來。

「要走了。」他說。

女人忙也起身，從竹椅上拿來衣褲，陳江水接過，套上一條黑色寬腳的本島褲，再披上一件洗得灰藍色的青布對襟短衣，也不扣上絆扣，腆出個油鼓鼓的大肚子。

女人這時早從釘上取下麻繩綁的豬頭，唉喲叫了一聲好重，什麼也沒說地遞給陳江水。女人那般平和自然、絕不以為帶來的豬頭是給她的認命，使陳江水有些訕訕，不免解釋：

「這是拜普渡公的，下次再帶肉給妳。」

女人點點頭，沒有說什麼，甚至陳江水從腰間拿出一把錢給她，仍不曾開口。房內鬱鬱的因日午而有著沉悶的熱氣，女人這回沒披上大蔺衫，全身赤裸地站著，臉上全無脂粉，她又開雙腿、微挺出肚子，看來只像個倦怠、肥重的粗大草地婦女。

陳江水一出屋外，反射在石板上的陽光白色耀亮直刺眼睛。「幹！」陳江水瞇著雙眼喃喃咒罵，拎著豬頭，不怎麼看路都可熟悉地搖搖晃晃走出後車路。

回得家中，林市瘦小的身子蜷縮在床上，一身灰布衣裳看來像一堆破爛，只有兩頰高腫，猩紅紅的一片，乍看還以為是對肥腴的下顎。她的神色慌恐，而且好似十分痛苦，飯菜卻已整齊的擺在桌上，陳江水不曾搭睬，自顧坐下吃飯。

猛一抬眼，桌上赫然又是昨夜那對豬腳，陳江水筷子一摔正想罵出口，已經切成小塊用醬油煮過的豬腳看來只像一碗帶皮的豬肉，了無昨夜拿來祭拜的豬腳形狀。陳江水拾起筷子，匆匆吃過飯，大步向外走時才丟下一句話：

「豬頭是要拜普渡的。」

7

依照鹿城的習慣，祭拜普渡一致是午後，大致從下午二、三點鐘，直要拜到日頭西斜，夏日白天特別長，午後到天黑前，總有四、五個鐘頭。人們相信只有長時間的祭拜，由城隍廟放出的無主孤魂，才有足夠的功夫外出覓食，好一年一度地飽餐一頓。

普渡那天，林市在家憂慮著陳江水不曾回轉，不知能拿什麼祭拜，幾番到門口探看，卻看到阿清拎著一條近兩呎長的鰮仔魚朝著走來。

阿清忸怩地說明是自己抓的，給他們拜普渡公，沒有什麼，另外取出一個用包袱巾纏起的小布包，說是他在家和彩送的，是為了答謝林市救她婆婆。阿清匆匆將東西交到林市手中，紅起臉面慌慌忙忙離去。

怕陳江水責罵，林市不敢打開包袱巾，時候也已不早，忙到廚房裡將魚殺好，用油慢慢煎得整條魚赤黃，待放在盤子裡，魚太長，有一大截尾巴落在外面，林市忙找來一根筷子，一半插入盤內壓在魚身下，一半突出盤外，正好支住魚尾不致掉落。看一條赤金金的魚平穩地擺在盤子裡，林市一早上憂慮沒供品拜普渡，這時候才算稍放下心來。近午時分，陳江水拎回那碩大的豬頭，林市更是驚喜。依拜拜一向煮三牲的慣例，林市將豬頭放到大鍋中用白水煮過，由於從不曾有機會煮豬頭，也不知該煮多久，算計裡面大致熟了，林市將它撈起。一時找不到那麼大的盤子來盛裝，只好放在竹編的密網篩子裡，竟是滿滿一篩子，林市看著，滿足的喜悅湧上心頭。

再煮好幾色青菜，林市忙趕出來在門口處用兩張竹椅與一張長條木板搭成個臨時供桌。看四鄰早已安置妥當上了香在祭拜，忙將準備好的菜端出來。一個大豬頭就占了簡陋的桌面大半，再搭配上那條大魚與幾碗青菜，也很足夠豐盛了。

林市虔敬地點了香，站在門口面朝外，仔仔細細地拜了又拜，喃喃唸著要孤魂野鬼好好飽餐一頓，並一再祈求祭拜後，那最近在鄰近出沒的吊鬼不會再來糾纏她和她阿江。

上好香，林市搬來張矮竹椅在門口處坐定，好監看野狗或貓會來偷食。才坐下一會，就陸續有一行五、六個婦人朝著走來，林市忙站起身，定眼一看，為首的竟是阿罔官。

自那夜裡看她臉色脹紅地昏跌在地上後，阿罔官不曾到井邊洗衣，也不曾在鄰近走動，林市一直不曾再見到她。而在那炙熱的七月十七普渡下午，林市乍看到阿罔官朝著走來，不知怎地一陣陰寒的顫慄湧上，身子不能自禁地起了雞皮疙瘩，腦皮轟的一聲酸麻麻地腫脹起來。

阿罔官是背著光走來的，七月午後的陽光金光飛耀地在她身後張羅成一面刺眼的光網，她整個人襯著那圈光芒，看來較以往都瘦小，身子卻挺得筆直，頭也高高揚起，趑趑趄趄的走來，也有著一番氣勢。

林市待阿罔官走近，才看出她真是瘦了不少，經常穿的一件洗得灰白的白色大裲衫與黑色寬腳褲裡，空空盪盪的少有著落。她整個臉面癟縮起來，原就是鼻尖額高，這時五官更似削過的歷歷清楚。

尚未來至跟前，林市已迫不及待地出聲招呼：

「阿罔官，好幾天未見到妳……」

「妳殺豬仔陳在不在？」阿罔官打斷林市，清清淡淡地問，高高抬起的臉面仍不曾落下。

「伊不在，阿罔官，我……」

林市急急地說，卻又不知該如何表白，看眼阿罔官身後幾個婦人，俱是井邊常一起洗衣服的陳厝莊人，罔市、春枝都在其中，盡快點個頭略一招呼，林市即直愣愣地站在那裡。

阿罔官絲毫未曾在意，早轉過身向祭拜的供品，仔細地湊近臉一一打量起來，隨後哼一聲道：

「來看妳拜什麼好料。」

「嘩，拜整個豬頭，這厝邊我都沒看過這款拜法。」春枝以她高銳的嗓子，羨慕地說。

罔市與幾個鄰近婦人，也趨前發出嘖嘖的讚嘆聲，林市這會約略有些得意，連聲說：哪有什麼，哪有什麼。

「豬自己在殺，拜一隻也有。」說話的是阿罔官。「不過，不是我愛說妳，普渡哪有人只拜這五、七碗。上桌拜三牲，下桌至少拜一、二十碗，這都不懂，真不知世事。」

「哦。」林市惶惑地說。「拜少了會怎樣？」

「孤魂野鬼吃不飽，年年來相纏。」阿罔官的語音十分冷肅。

林市站著。那種乍見阿罔官走來，大日頭天下居然陰風慘慘的感覺又回來，接著思緒一轉，不知怎地想到這回阿罔官講話，音調中盡是雜音，嘰嘰嘎嘎作響，像喉管被切了洞漏風，聲音四處外洩。

林市一身一臉全湧上細密的汗水，一旁有人伸手挽住她的胳膊，是罔市。

「莫驚，莫驚。」罔市說。「拜拜只要心頭有聖，拜幾碗無差。」

「那是拜神、拜祖先拜孤魂才有差。」阿罔官吱嘎的喉音像磨鈍的刀片，四處拖拉得血肉模糊。「不過妳也不要不知足，有妳殺豬仔陳妳才有大魚大肉拜，嘖嘖！還拜豬頭。」

幾個婦人已瞧過林市準備的祭拜供品，紛紛轉移到別家繼續要去品頭論足一番。阿罔官看人們在走離，揚高聲音道：

「人貴知足，妳殺豬仔陳是好人，阿彌陀佛，好心有好報。妳不要常常唉唉大叫，不知的人還以為妳殺豬仔陳怎樣虐待妳。」

說完即快步趕上其他婦人。林市站著一會，抵不過心頭好奇，也跟著上前，究竟擔心野貓狗會來偷食供品，一面走還一面頻頻回顧。

由於是隔鄰，婦女們齊佇足在阿罔官家門前，林市趕到，正看到罔市手指著供桌上一盤菜，嗯嗯啊啊地在說：

「我講沒什麼歹意。這盤敢是麵線，普渡有人拜麵線啊？」

「妳眼睛花花，胡亂看，眼睛睜開看清楚。」阿罔官氣怒接道。

猛地，春枝用尖高的聲音唉喲一聲大叫：

「不是麵線，是筍絲。真是好手藝，竹筍切這麼細，煮來就像麵線。」

一旁站的和彩溫煦地、略帶羞怯地說：

「哪有，粗工夫。」

林市這才注意到和彩，往昔總是樣樣爭最先、潑悍的和彩，這時在阿罔官面前，退縮地站到角落，一臉和氣的笑由於摻雜上幾分驚恐，抖抖顫顫地總掛不住。林市不免想起，這一向總聽人說，和彩怕糾纏阿罔官的吊死鬼會因報應來找她，才一改往昔對阿罔官的態度，樣樣順從了起來。

婦女們接續對幾個菜有一番品論，頻頻讚賞和彩的手藝，說著羨慕阿罔官有這樣一個好媳婦的話。林市一面聽著，一面也留意兩張竹椅架著一張寬大的門板上，林林總總擺了不下二、三十碗菜，當中並非俱是魚肉，也有許多碗麵粉炸的蔬菜球、未煮過的豆雞、晒乾的金針菜，除此外，還拜有生米、鹽、糖，才能密密滿滿擺了一桌。

「為什麼要拜生米、鹽、糖呢？」林市不解地問。

「這樣才有山珍海味。」

阿罔官用軋裂的喉音說，也不理會林市聽了是否懂得，率先帶頭往下一個鄰家。林市擔心家裡不像阿罔官有和彩代為照理，始終不敢離開太遠，就沒再跟上去。

那下午林市坐在矮凳上，看插在三牲上的三根線香快燃盡了，即趕快再新點上三根，如此上了幾回香，日頭已逐漸西斜，鄰家紛紛開始燒金。一時，昏昏的暮色裡，四處起了小小的火叢，偶爾，著火的冥紙遭風一吹，細薄的紙燼在飄飛起的瞬息光亮一閃，下落後已然成為黑色的紙灰。

擔心拜太少碗孤魂野鬼吃不飽，林市想多拜些時候來補足，直等到鄰近每家人都收拾好，林市才開始燒金收供品。幾碗菜收回屋裡，不僅全冷掉了，還沾了香灰與灰土，林市沒怎麼在意，廟裡的香灰都刻意求來吃，還差這一些。匆忙將飯菜熱過，林市擺好碗筷，甚且替陳江水斟好一大碗酒。

而日色已全然暗盡，陳江水卻未曾回轉。林市坐著等待，觸眼放於供桌上包袱巾包的小布包，記起阿清拿來時曾說是和彩所送，一下午盡忙著拜普渡也無暇打開來看。趁這時候陳江水未在家，林市想到偷看一下也不妨。

小心謹慎打開包袱巾，是塊花布，白色粗布底上印有一朵朵二寸多大的青色牡丹，染印的工夫並不好，牡丹重重的瓣脈糾纏在一起，只能勉強認出是一朵複瓣的花朵，然而林市一看，抵不過心頭一陣狂跳。

既是和彩所送，又送給自己，這塊花布當然為做一件衣裳，林市將花布抖開，在身上繞著比一圈，正好夠做一件大裲衫。

林市將花布圍在胸前，久久不忍拿下，觸眼身上沉舊洗得泛白，又因加胖繃得既小又緊的青布衣裳，眼淚簌簌流下，怕滴到胸前的花布，才忙用手去拭擦。

8

普渡剛過幾天，林市算計著阿罔官家裡已將普渡用過的碗盤、蒸籠等收拾妥善，再等幾天卻都不見阿罔官像往常一樣過來坐，而且晨間阿罔官也不到井邊洗衣服。林市趁著一個午後陳江水已然離去，小心地用包袱巾包好那塊白布底青花的花布，從屋後繞行過矮窄的土塊牆來到阿罔官家後院。

那時節雖只是農曆七月十五過後，遠方海天交接處叢叢蘆葦，早聞訊的已經開始有白信，長長的一桿桿白色葦花摻雜在一片綠葉中，任著風飄搖，竟微有秋的涼息，雖然午後盛暑的炙熱仍持留不去。

在過往，林市常聽阿罔官講述她做女孩時，曾有怎樣精細的巧手。一般女孩子學裁衣裳、縫黑面布鞋，都還只是家中學來的手藝，好為自己及家人製衣作鞋。「我做女孩時會繡花，一朵牡丹花用十三色繡線才繡得成，連『街上』的小姐都稱讚」，林市記得阿罔官常這樣說。

那普渡過後的午後，林市小心捧著包袱內的花布來到阿罔官家後院，想要阿罔官代為剪裁及教導做一件大裪衫。在叔叔家那些年，林市得服侍長年臥病在床的嬸嬸及照管眾多堂兄弟，連針線都難得碰，幾件換洗衣服俱是叔叔不曉得從何處取得；平常總赤腳，只有晚上洗過腳要上床，才有一雙木拖鞋穿，連雙布鞋也沒有，自然不曾學習裁衣製鞋了。

因而在那午後，林市不曾去午睡，捧著布包袱來找阿罔官，寄望著會有一件較合身、舒適，最好也能很好看的大裪衫。快步穿過院子來到後門口，林市聽到有個聲音似乎在說她的名字。

止住腳步一細聽，果真有人在說話，那聲音粗啞軋裂，恐怕是阿罔官，正說著「林市真是……」模模糊糊的片斷，接著是嘰嘰嘎嘎一陣大笑，林市聽得出有春枝那高銳的聲音摻雜其中。

林市本能地未曾再朝前走，閃到半開的後門後面，這回聽得較清楚，仍是阿罔官的聲音在說：

「像我，就敢用死來表明心志，人若真有志氣，什麼事情做不到。」接著話音轉為鄙夷。「哪裡要每回唉唉大小聲叫，騙人不知以為有多爽，這種查某，敗壞我們女人的名聲，說伊還浪費我的嘴舌。」

紛紛仍有笑聲，及一個聲音笑罵：

「阿罔官，妳越來越敢說。」

「我有什麼說不得，女人要貪男人那一根，妳們也都知道……」

有不好意思卻興奮的笑聲打斷阿罔官的話，春枝高銳的聲音接道：

「不要專說這些，換別項講，殺豬仔陳只會殺豬，哪可以讓林市吃得又肥又白，這款享受？」

「妳連這都不知？」是罔市急急接口。「殺豬仔陳每日下午到海邊，去藏在蘆葦裡與討海人賭博，聽說四色牌每賭都贏，自己作東兼做打手，哪會沒錢。」

「賭博不只是殺豬仔陳，別人也在作東，豬灶那個粘厝莊的阿扁，聽說才是正頭。」阿罔官的聲音帶著幾分辯白的語意。

有短暫片時的沉默，再傳來的仍是春枝的聲音，鍥而不捨：

「妳是厝邊最知，殺豬仔陳敢有人說的那款壞？」

「哪有，伊壞那會救我。都是林市貪，早也要晚也要，真是不知見笑，哪有人大日頭做那款事情。」阿罔官回說。

又是一陣轟笑，有個聲音問：

「妳哪知人家白天做什麼？」

「唉喲，每回都要唉唉叫，三里外的人都聽得見。」

「實在看不出來啊！」紛紛地有人說。

「這妳就不知。」林市聽出這回說話的是罔市口音。「聽我嬸婆那裡的厝邊說，伊還未嫁過來，就會坐在門口看男人，又專看那個地方，嘻嘻。」

「噢，這樣啊！」幾乎聲音一齊驚奇地呼叫。

然後仍是罔市的聲音在問：

「伊殺豬仔陳敢真是大力小力胡亂來？」

「這妳哪裡知道，伊殺豬仔陳只是不睬人，心肝最好，要不哪會救我。」阿罔官的聲音憤憤地在說。「即使伊有時較粗魯，殺豬人難免。我們做女人，凡事要忍，要知夫與天齊，哪可一點點小痛疼，就胡亂叫，再來敗壞查埔人的名聲。」

「是啊！就是啊！」紛紛的有著附和聲。

「像我，最有擔當，人一黑白講說到我，我表明心志，就死給你看。你們大家看，我死不去就表示我做得正，天公不愛我死，給我還魂回來講幾句公道話，像林市這款查某，自己愛給人幹，餓鬼假客氣，又……」

有聲音打斷阿罔官，是春枝高銳的話音：

「敢是娶回來那天，就開始要和伊查埔人那個？」

「鴨母寮那有隔眠的虷蚓。」阿罔官笑著說。

「嘖，嘖嘖。」眾人又是笑又是叫。

「這才叫祖傳的祕方。」阿罔官神祕地壓低聲音。「妳們知否十多年前伊阿母，私通一個兵，伊阿叔趕到去捉姦，兩人還壓在一起，不肯分開。」

「不是有人說是給那個兵強姦？」

「怕被人強姦就要跑，不跑也會大聲喊，大力掙扎，衣褲多少會撕破，哪有人一身好衣好褲被強姦。」

阿罔官顯然十分氣憤，說著說著聲音尖高起來：

「笑破人的嘴，妳聽過給人強姦，嘴裡還一面唧唧哼哼？」

「原來林市這麼會哀哀叫，就是這樣來的。」

先有短暫的停頓，一當會意過來，所有的人全呵呵大笑起來，笑聲方歇，阿罔官軋裂的聲音立即又道：

「是啊，壞竹哪長得出好筍。不過，做阿母的大概沒料到，女兒太小教不會，才會自己正在爽，女兒跑出去喊救人，白白害了伊一條命。」

轟地一聲，林市感到頭皮發麻，整個頭膨膨地腫脹起來，耳邊不斷傳來咻咻怪異的鳴叫聲，驚恐中林市冒出一身一臉汗，待稍回過神，才看到院子角落裡有一窩新孵的小鴨，罩在竹編的雞罩裡咻咻直吵叫。恍恍惚惚地，林市似乎還聽到許多聲音，風呼呼地吹過空曠的海埔地，還有，額頭上兩條筋劈劈啪啪地在抽動，然後，女人們的聲音才繼續傳入耳中：

「……女兒跟阿母學看樣，伊這路人，比『後車路』那些狗母生的，又有什麼差別。」

「就是嘛，看伊一個人大模大樣，沒公婆沒小姑小叔，就要知足，卻整天好吃不愛做，家裡也不會打算，吃飽睡足，只會躺下來讓人……」

「聽說不會白天胡亂來，連地方都亂亂換，不在房裡……嘻嘻。」

「伊阿母也是那款樣，在祠堂的正廳，也敢和那個兵胡來，也不怕雷公打死，真是不知見笑。」

林市站著，再分辨不出說話的口音究竟誰是誰。只是一陣陣紛雜的話語和笑聲，鬧轟轟地湧出來，清楚的地方字字句句俱在，不分頭臉地扎入頭耳，震得耳內吱吱全是尖銳的長叫聲。然後林市發現頭上的陽光白亮亮的極為刺人，扎入眼睛中引起黑天轉地的暈眩。

一定是自己走回家的，林市卻不記得如何以及何時回到家中，只知道被陳江水一巴掌打得一陣刺痛，林市才恍然看到外面的天已昏晚了。在廳裡一把竹椅上也不知坐了多久，身上一件大裲衫全給汗濕透了，背、腹處一大片汗漬，真可擰得出水。倒是懷裡包袱巾包的布包仍在，林市驚惶中站起身，奮力的將那布包推離身。

柔軟的布包在身前不遠處掉落並散開，印有青色牡丹的白布抖露出來，有一角白布顯然沾上汗水，有幾朵青色的染印牡丹被浸濕，轉成微微的青紅色，像吐上一口沒洗淨的血，斑斑點點，痕跡俱在。

林市仍照常地做完晚飯，陳江水坐在桌邊等待，一面大聲以各種難聽的字眼辱罵，並開始大口喝酒。一俟吃過飯，已是滿臉酒意。原浮腫的眼眉處齊抹了油光滑膩的猩紅，由於喝酒後的燥熱與屋內高溫的氣悶，臉面上也淌滿油水，一張臉彷若腫脹開來，較往常都肥圓。

涎著臉，陳江水一把抓住林市，一隻手下伸到林市褲底去探摸，發現已沒墊有舊布，興起地將林市壓在廳裡的泥土地面。林市先是驚恐地閃避，再看無從逃離，終於逐漸放棄掙扎，只自始至終，林市始終閉緊嘴不曾出聲。

陳江水在有一會後方發現林市不似往常叫喊，興起加重地凌虐她，林市卻無論如何都不出聲，在痛楚難以抑遏時，死命的以上牙咬住下唇，咬囓出一道道齒痕，血滴滴地流出，滲化在嘴中，鹹鹹的腥氣。

酒意中陳江水未曾再持連的堅持，他讓自己完了事，翻下身來睡去。林市蜷縮起身子，雙手緊緊抱在胸口，壓抑著聲音，低低的，極淒慘像走獸般地哭泣起來。號叫聲卡在喉口處，好幾回一口氣逆衝上來順不下去，連呼吸都止住，逼得一臉通紅，喉口處似被緊掐住疼痛難當。

而夏日剛過十五的夜晚，是個不颳風的日子，月明風清，海風輕輕拍拂已然睡去的海埔地，遠遠的潮聲，在四處寂靜中，也若有若無地傳了過來。

第二天早上，林市從一面撿來殘破的鏡子中，看到自己整個下嘴唇連帶下顎都腫脹起來，眼睛由於哭泣，也瞇得只剩兩條縫。

林市慢慢做完簡單的家裡收拾工作，將積了一木盆的衣服擺在床下，未曾例行地到井邊洗衣服，反倒端張竹椅，在門口處坐著，也不知有多久，看日頭偏向正中，想陳江水即將回轉，才收了椅子，蹲在廚房一角。

陳江水帶回來大片的肉，林市才較回過神來燒煮，飯菜都上桌，林市忘卻大口咬食，才發現腫脹的下唇一沾上鹹濕，陣陣刺痛直傳入心肺，疼痛得流出點點淚水。

吃過飯陳江水照例要出門，林市抬起臉，十分遲疑地幽幽地問：

「你要去哪裡？」

「咦？妳還敢管我去哪裡？」陳江水驚異中並未曾動怒，反而好奇地回問。

「伊們說你去賭博。」林市吞吐著。「吃人的肉，喝人的血，會絕子絕孫。」

陳江水呵呵大笑起來。

「我不偷不搶，也沒有用強，是伊們自己來賭。」

「你能不能不要去賭。」林市怯怯地說，但逐漸轉為堅決。「免得遭人閒話。」

「再怎樣艱苦我都會跟你。」林市幾許天真地加道。

極為突兀地，陳江水霎時暴跳起來，換轉另一副臉面，凶狠狠地朝林市咬牙切齒：

「給妳有吃有睡，妳再不知足，敢管我的事，我就給妳好看，這回妳給我記著。」

林市趕快低下頭不敢言語。

那下午林市仍繼續坐在靠門邊的竹椅上，睏累了就在椅上打盹。幾回到房裡躺下，卻怎樣都不能睡入眠，總是一闔上眼睛，即紛紛有各種怪夢，還有個力量猛在拉扯眼皮，可是無論如何總沉沉拉不開。驚恐中林市趕快離開房內，坐在竹椅上，彷若證明自己並不曾午睡，看一天亮白白的夏日陽光直到三、四點鐘，才抱一盆衣服離家到井邊。

下午時分的井邊，經過一天日晒，灰麻石地面晨間洗衣的積水全乾了，白晃晃地反射出一層灰白的閃光。林市赤著腳在泥土地上沿路走來，腳底已轟轟地傳來陣陣炙熱，看環井四周鋪的灰麻石，林市有幾分膽怯，但要能到井裡汲水，一定得走經這片灰麻石地。

林市一腳踩到石地，雖有所準備，還是唉喲叫出口，墊起腳尖跳著朝前，好不容易來到井邊，整個腳已灼熱難當。忙以單腳站著，放下水桶到井邊汲水，連連輪換雙腳，第一桶汲起立刻望站立處潑去，落到腳面先是一陣清涼，水一觸著灰麻石地，即轉為溫熱。但地面這也才不似剛才那般難以承受。

汲好一盆水，一身衣褲已汗濕黏在身上，七月暑熱午後的大日頭天下，整個井旁毫無遮蔭處，蹲著已晒出一身汗水，再使力開始搓洗衣服，汗水真是如雨般連連不斷。俟洗完一盆衣服，林市口乾舌燥，半站起身要走，眼前一昏花，一個踉蹌朝前摔倒，頭撞及木盆一角，重重的悶聲極為沉實。

林市這才清楚婦人們為什麼要在一大早天矇矇亮即到井邊洗衣服。

雖然午後日晒下洗衣極為艱辛，林市仍每天下午再到井邊洗衣。每回出門，總低著頭，匆匆望前走，生怕碰著認識的人，有時看遠方迎面走來似曾相識的厝邊，林市總慌忙閃入小路或岔道，真正閃躲不開，也低下頭假裝不曾看見。

對陳江水，林市就沒這麼容易閃躲得開。林市始終不再肯像過往出聲唉叫，使陳江水每每陷入瘋狂的狂暴怒意中。陳江水揍她、掐她、擰她，延長在她裡面的時間，林市咬緊牙關承受，只從齒縫中滲出絲絲的喘氣，咻咻聲像小動物在臨死絕境中喘息。

有時候真正承受不住，林市也會發出低低的哀叫，叫聲迴在嘴裡嗚嗚響，淒厲而可怖。

林市當然也嘗試過反抗。陳江水再怎樣凌虐她，總會停止下來，有一段時間只騎在她身上自顧擺動，有一回林市伺機在陳江水稍不在意時一把推開他，翻身下床才發現屋內無處可躲避，開門逃跑到外，清白的月光下，阿罔官赫然地就站在院子裡的大門口。

夜色使阿罔官的黑褲模糊不可辨，灰白色的大裲衫卻因為月光，閃射著一層濛濛的白光影，清楚明顯。林市乍然中開門，只見一個白色上身，虛懸吊在昏暗的夜色中，遏止不住發出嘶吼般一聲滲叫，林市雙腳一軟跌跪下去。

稍回過神省得是阿罔官，林市抬起頭來，阿罔官仍站著，頭額高高揚起，一頭白髮光鮮整齊地全綰在腦後，白色的大裲衫平整了無皺痕，全身收拾得方寸間俱無紊亂。清亮的月光下，她上揚的臉面有濃厚的明顯鄙夷神情，看到林市抬起身來，著意重重哼一聲，才平緩地回過身，慢慢走向自家門院。

雖然明知陳江水就守在門後，林市仍跪爬回房。陳江水一俟林市進屋，拴住門栓，一腳踏向林市肚腹。一個模糊的意識閃過林市心頭，許久以前，她也曾在陳江水剛要過她後偶爾開門到外面，看到阿罔官在兩家間隔的矮土埆牆處進不是、退也不是。

阿罔官該一直在偷窺著她和陳江水。林市想。然後一陣巨痛襲來，肚腹一片炙熱的翻絞，感到彷若血液噴流出，林市眼前一黑，昏了過去。

被酒嗆醒後，林市躺在地上，陳江水看她醒來，自顧上床睡去，林市渾身虛滯無從起身，又怕陳江水再來侵擾，只有在地上躺了一個晚上，矇矇矓矓地睡著又好似醒來。泥土地面陰濕，雖是夏日夜晚竟異常陰冷，林市抖抖顫顫一個晚上，第二天勉強探起身，才發現渾身燥熱、頭沉沉真若有千斤重。

陳江水已不在，林市爬上床，模模糊糊地睡去。再醒來似已過日午，陳江水未曾回轉，林市繼續昏昏睡去，中間醒來幾次，夜晚交替著天光，也不知究竟過了多久，陳江水是否曾經回來過。

再次醒來是被搖醒，林市睜開眼睛好一會，才辨認出是隔壁的阿清。

「水。」林市困難地說，也不知是否發出聲音。「給我水。」

阿清以手觸摸林市的額頭，林市感到一雙厚大、冷涼的手罩蓋下來，十分舒坦中再次閉上眼睛，然後有人扶起她的身子，遞近唇處一碗水，林市張口慢慢吸吮，分不出喝了多少，沉沉地又昏睡過去。

這才開始知覺到有夢。林市夢到阿母身穿紅衣，下肢兩腿分開處被以一條又粗又長的繩子緊緊一圈又一圈綑住，阿母的兩手向她伸過來，不斷地說：

「阿市，我餓了，餓、餓了……妳去討飯來吃……餓，餓了。」

而林市發現自己不知如何全然無從動彈，隨後是紛紛亂的片刻，接著阿母顯然不願再等待，將手伸入自己的肚腹，掏出血肉淋漓的一團腸肚，狠命往嘴裡塞，還一面嘰嘰吱吱地笑著說：

「我沒有東西吃，只有這一點番薯籤。」

林市掙扎著醒過來，知覺也大半回復，知曉自己只在作夢，但被魘著似地是怎麼使力也睜不開眼睛。直到感覺有人在搖動她，並呼喊她的名字：

「林市，林市，妳要回來，回來……」

林市醒過來，慢慢地才得睜開眼睛，看到阿清，手上端著一隻碗就近唇邊，林市本能地張開口，開始慢慢吞嚥，到最後幾口，才辨出有苦味，大概是藥，林市模糊地想。

卻突然有人一把將碗掃開，林市看到是陳江水，許是又喝了酒滿臉油紅，他一把抓住阿清的衣領，大聲嚷道：

「幹，你要對我牽手怎樣，幹，」

「伊病了，全身都燒，我去找草藥煮給伊吃。」阿清沉篤地說。

「幹，你假好人，誰不知你安什麼心，幹伊娘，幹伊老母的××。」

「你醉了，我不跟你理論。」

阿清掙離陳江水的手欲離去，陳江水幾步追上，從八仙桌上反手操起豬刀。

「不給我講清楚，你敢走。」

「你救過我阿母，我不跟你吵。」阿清很快地後退到門外。「我阿母發現林市病了，才叫我過來，一定要救她，說是要還願。我本來不可以說，是你逼我的。」

然後，阿清一臉凜然地加道：

「你也有聽過，功德不知道守，會有用盡的時候。」

林市的眼光跟隨著阿清離去，才發現屋外已是個沉沉的暗夜。

9

病後的林市回復了以往的削瘦，而且始終畏懼躲閃著什麼，要將自身盡量縮小似的背明顯地曲駝起來。她仍每天下午時分才到井邊洗衣服，退退縮縮地只挑小路走，走時眼睛更是小心翼翼地四處溜轉。她的皮膚因長期日晒變為褐色，更顯乾瘦，整個人像一隻風乾蜷曲的蝦姑。

陳江水開始經常持連幾天不回家，林市偶聽到人們紛紛議論是在「後車站」的金花處，林市毫不在意。只要不擔心米缸內的米和番薯籤在日內吃盡，林市十分高興陳江水不回來，至少她可以少卻一番凌辱。

林市仍每天搬張竹椅坐在門口，也並非在瞧過往的路人，似乎只為證明自己不曾懶怠午睡，到了成個習慣，林市每個午後必然搬張竹椅定定坐在門口，直坐到下午時分太陽稍西斜，才攬起木盆到井邊洗衣服。

這習慣在林市開始養起一窩小鴨才有了改變。人們不明白林市何以興起養小鴨的念頭，只在陳厝莊慣有的廟前市集裡，看到有一天林市一大早已來等著挑小鴨，她告訴賣鴨的鴨販：

「我要十隻鴨仔，都要母的，養大後一天生一個蛋，可以生十個蛋。」

賣鴨的鴨販不是陳厝莊人，是從鹿城鄰近草地來的年輕男人，有趣地看眼林市，笑著道：

「都挑母的，沒公的生蛋無形（受精卵），蛋孵不出鴨仔，生那麼多蛋做啥？」

林市哦了一聲，想了一想才慢慢說：

「我不知母的生蛋無形，不過我生了蛋要拿去賣，換米和番薯籤回來吃，有形無形敢有差？」

那鴨販看林市那般專注地思索，神色間又極為倉皇，不曾再玩笑，以兩隻手指挑起一隻隻黃絨絨的小鴨，一一檢視小鴨肛門處，挑夠十隻放在一旁，慎重地朝林市說：

「我看妳買六隻母的、四隻公的，公的養大可以賣給人殺，一樣可以換米。」

林市從大裲衫口袋，努力掏摸了許久，又拆掉一段密密縫的線，才拿出一個小油布包，打開一方有巴掌大的油紙，內面仍殘留著黑色的膏藥，已硬化乾裂的膏藥沾黏幾個銅錢的面上，林市一搓，膏藥碎屑才紛紛掉落。

林市小心數出鴨販要的錢，再三數過才交給鴨販，將剩下的一、兩個銅錢緊密地以油布包好，放入大裲衫衣袋，才捧著放在篩內的十隻小鴨離去。

尚未走出市集，迎面走來一位不曾謀面的中年婦人，和善地招呼問詢哪裡買了小鴨，林市指指鴨販示意，那婦人看後眉頭一皺，好心地規勸：

「妳莫給人騙去，那鴨販夭壽，公的做母的騙人，妳莫要買錯。」

林市一慌，心頭一陣緊脹堵得氣悶難禁，心口還碰碰亂跳，也不敢回身去看那鴨販，抱著一篩子小鴨匆忙走開，再不敢走大路，盡挑些小巷道，走了許久才回得到家。

林市坐著憂愁一下午鴨子是公鴨不會生蛋。翻來覆去查看那十隻鴨子，怎樣也分不出公母，最後不知怎地才突然想到鴨販所說公鴨也可以賣給人殺了換米，轉為歡欣地跑出去給咻咻叫的小鴨覓食。

林市開始一得空，即四處到田裡、溪邊找尋蚯蚓、小蟲、蝸牛、田螺，各種可以餵養小鴨的食物。看著小鴨爭相吃食，黃絨絨的羽毛逐漸褪去，長出尖硬長短不齊的新毛，林市的臉面上有了笑容。

天漸漸轉涼，遠方海天處的叢叢蘆葦齊開了桿桿灰白蘆花，白茫茫一片襯著秋天高爽的青藍雲空，安適而憩靜。只有在夜間，逐漸增強的秋風在海埔地空曠的沙石地上翻滾，一聲響似一聲相互追逐。

林市怕罩在雞籠裡的小鴨受風，田裡找來束束稻草，編成圍屏來擋風。在許多陳江水不曾帶米回來的日子裡，林市有一頓沒一頓的吃食，總在小鴨旁久久滯留，看著成長中的小鴨，林市期待著母鴨能很快下蛋。即使不是有六隻母鴨，就算鴨販騙自己，總也有四、五隻母鴨下蛋。林市這樣想。

然而林市沒能等到有一天鴨子長大，分辨得出究竟有幾隻是下蛋的母鴨與賣給人殺的公鴨。

陳江水有許久一段時間只斷續地回家，隨手總帶來一些吃食，他也一定會要林市，林市則是無論如何都不肯再出聲哀叫，陳江水每每極力、持久地淩虐她，但由於陳江水在家的時候不多，總不像過往那般無時無刻。林市是不再偶有魚、肉吃，也經常餓肚子，相較起以往陳江水的一再騷擾，林市已然不再怨嘆，只一心期望母鴨能趕快下蛋，她將可免去最後深自恐懼的飢餓。

秋涼後的一個夜晚，林市已睡下，陳江水碰碰地大力來打門，林市發現陳江水已喝得臉面猩紅，手中還握有一瓶清酒，深怕又有一陣騷擾與打罵，林市開了門後遠遠的避在一旁。

卻是陳江水一進屋，沒走幾步，即一腳踩到罩鴨的雞籠。由於天氣逐漸轉涼，夜晚裡林市怕小鴨受凍，在廳裡先鋪好一層稻草，再將整籠小鴨帶進屋內。陳江水酒意蹣跚又在黑暗中，一腳踩到雞籠差點摔倒，身子一傾一瓶酒沒抓穩，結結實實摔到地上跌得粉碎。

暴怒中陳江水大聲呼喝：

「這是什麼？妳敢是討客兄，將客兄藏在屋內？」

「是，是鴨仔。」林市畏縮地說。

「騙肖，我才不信。」

陳江水上前一把揭開雞罩，鴨仔受到驚嚇，咻咻吵叫地全往一旁挪擠。陳江水罩回雞罩，有隻小鴨後腿走避不及被雞罩卡住，極力掙脫地哀哀鳴叫，陳江水全然不為所動，只惡聲朝林市呼叫：

「鴨仔臭得要死，妳這個臭賤查某，養鴨養在屋裡存心將我薰死？」

林市沒有回答，專注地看著被卡住的小鴨，幾回想上前援救，但陳江水就在近旁，站著著急中林市心中僅有一個念頭：那鴨仔恐怕要跛腳了。

林市的恍惚讓陳江水怒氣上升，欺過身一巴掌打向林市：

「妳養這些鴨仔做什麼？」

「鴨仔會生蛋，生了蛋可以去換米。」林市沒怎麼思索直直地說。

「哦，妳是嫌我飼不飽妳，還要自己飼鴨去換米？」陳江水陰慘慘地瞅著林市問。

「你有時候不帶米回來，我……」

不待林市說完，陳江水反手操起豬刀，林市驚嚇著以為要砍向她，慌忙後退，陳江水從雞罩上端伸進握刀的手，使力一陣砍殺，用力過猛將竹編的雞罩也砍破好幾處。先還傳出鴨仔咻咻的慘叫，再一會，連叫聲也聽不到，陳江水這才抽出手，就著門外照射進來清亮的秋月，只見手掌到臂彎間一片濃紅的鮮血，未曾凝固的血緩緩地隨著手臂舉起淌流下來。

林市大叫一聲奔向前揭開雞罩，橫枕在稻草上一片四散的鴨屍，一塊塊的頭、身體、腳、脖子，仍有血液陣陣流出。

看到殘缺不全的鴨仔塊塊屍身，一陣寒顫才傳遍陳江水全身，怎麼竟會如此紊亂不堪的血肉模糊，全然不似殺豬的刀口整齊畫一，陳江水想，一個久遠前的記憶來到心頭。

是剛進豬灶不久，年紀尚輕也沒有多少操刀機會，做的大半是除毛清洗內臟的打雜工作。有天一個豬販子央人用扁擔挑來一頭母豬，說是母豬生病，站立不起來，再不殺怕來不及了。

那母豬渾身骨瘦，只肚子腫脹得老大，支撐著站起來肚子幾乎垂到地面。豬灶中紛紛有著議論，有人說怕母豬染了豬瘟，有人說不殺生病的豬仔，當時操刀的師傅卻一句話都不曾說。

豬販堅持那頭母豬一定得殺，否則熬不過是夜。為了能表現自己的技藝好早些出頭，陳江水自願承擔這個工作。

一切如常進行，歃血、去毛，那母豬已無甚力氣，握住它的嘴要一刀插下咽喉放血，也不曾掙扎，陳江水得以順利達成工作，只覺得那母豬眼神十分哀淒，陳江水還只當自己想得太多。

開了膛才看到肚腹血肉筋交織著一大球，足足占滿腹腔。一旁圍觀的人早有人呼叫出：

「不好啦，殺到一頭懷胎要生的母豬了。」陳江水仍不知驚怕，一刀向那大團血肉球畫下去，裡面赫然整齊併排著八隻已長大成形但渾身血汙的小豬。未長毛的小豬十分柔軟，還留有餘溫，只眼睛緊閉，顯然不可能存活。

那毀及天地間母性孕育生物的本源，使陳江水在極度驚恐中幾日夜中眼前全是那血汙成形卻被殘害的生命。特別是豬灶中盛傳殺了待產的母豬，小豬們會齊來索命，往後一定不得好死。陳江水在豬灶幫工們的指引下，準備了三牲及大量冥紙祭拜，祈求小豬們另行投胎轉世，仍免除不了心中重重的罪愆，及觸及懷胎母體的不潔感覺。

隨著時光流逝，一切俱都過去，特別是一直未見報應。偶爾想及，存留的也只是乍見肚腹內那一團肉球，紫青色的筋與血管夾雜在暗色的肉上，以及一團團大量的血汙，再在眼前歷歷清楚地顯現。

這麼多年過去，殺豬持有的是怎樣乾淨的一個經驗，技藝的累積使一切都恍若表演，放血一刀刺下，血甚且不曾沾手，開膛時一刀畫過，肌肉裡已沒有一滴血水，翻滾而出的內臟，肚腸是灰白色，心、肝有的也是乾淨的紫紅，沒有傷口，也不見流血。

只有這次殺這些鴨仔，居然會造成如此大量的鮮血與凌亂不堪的血肉模糊。陳江水揚起沾染已乾凝的血液的手，繼驚悸而來的是一陣沒來由的憤怒，無名的、分辨不出原因，甚且不是自己能控制的怒意上揚，那片刻陳江水只想揮刀再砍殺些什麼，觸眼枕藉的鴨屍，真正的恐懼湧上來，陳江水丟下屠刀，整個人崩垮地跪坐下去。

總是這樣上揚的一股氣結，從肚腹之間凝聚升起。最始初是需要它，小心的調配、儲存為要能在尖刀刺下時，敢於不偏不差地一刀刺入那掙扎慘叫的生物喉口，在大股鮮紅的血液噴出後，知曉它因此已結束生命，再能凝聚起那一股氣，有能力再去刺另一頭也是活著的生物的咽喉，結束它的生命。再如此循環不停、每日每月的一一毀除難以數計的有鮮血與呼吸的生命。

然而如何孕結這股氣來工作，已因持連的運作而不再有任何殊異，甚且少知覺到它。除卻殺那一胎有八隻小豬的母豬、在記憶中曾鮮明留有當時怎樣小心凝聚這股氣勢，才有膽量插下那一刀，其他的無數次操刀已不復記憶。若非這次揮刀砍殺這些鴨仔，恐怕也不再知覺這股氣結的存有，及可能因此做出什麼事情來。

那片刻中陳江水第一次模糊地開始發現，為殺豬這一行所需而形成的這股敢於殺生的氣勢，已混入他的生命中成為不可分離的一部分，甚且在不殺豬時，都會隨心意一浮動即隨時顯現，造成自己都無從控制的作為與後果。

這次殺了這批鴨仔，下次殺的會是什麼呢？陳江水想。一陣極度的害怕湧聚上，殘留著幾分酒意中，陳江水無有阻留地張大嘴，號啕地大聲哭泣了起來。

林市在跳上前揭去雞罩，看到一片枕藉凌亂的鴨仔屍塊後，反倒靜默地站在一旁，俟陳江水哭過一陣跪爬入房間，片時即睡著傳來鼾呼聲後，林市才移動身子，到後院拿來掃把與畚箕，掃動稻草混著的鴨屍放入畚箕中，拿到屋外，向著遠遠的海天交接處走去。

那蘆葦叢竟是異常的遙遠，林市走了一陣，只見清白秋月下海天處一條長影，深夜中的秋風冷寒，荒天闊地中四處暗影幢幢，偶還夾有動物的鳴叫聲，一閃而過，林市卻似無有所覺，只走得疲累後，在一叢高及腰身的雜草中傾倒下混著稻草的鴨屍，提著畚箕回轉。

少去餵養鴨仔的工作，林市回復每天下午搬張椅子坐在門口，愣愣地朝外張望。走過的有相識的鄰近厝邊，總想林市會看到自己，和善地招呼，林市似不曾知覺，只眼睛定定地看著前方。

多半時候，林市一坐就是一下午，不僅不再天天到井邊洗衣，還經常錯過做晚飯時間，總是陳江水回轉，天已暗暗，林市再慢慢起身燒飯。

灶臺上由於久未擦洗，留下一層油漬，灶角已有蜘蛛結網，網上一隻吃剩一腿的蒼蠅。四處俱是灰塵，然而林市始終恍若不覺，隨意地將一兩樣飯菜煮過，蹲在灶邊，沉沉地也不知想著什麼。她的一件青布衣裳已有數天未洗也不曾更換，領口袖口全有了一圈油汙，近胸處染上一大片菜湯，顯得青布顏色極沉暗，林市將削瘦成尖長的下巴擱在心口處，正對著這片湯漬，像臉面在青布衣上投下一片陰影。

只有那口灶是熱的，在秋天海埔地冷涼的寒氣裡，蹲在灶邊，都能感到暖暖的熱意，像個溫暖的懷抱。林市煮食好飯·仍舊繼續蹲伏著，直到陳江水一吆喝要吃飯，才站起身。

陳江水這一向每天按時地會回家，較少大聲呼罵與動手責打，甚且在要她時，也不似過往的凌虐，林市現在恍恍惚惚地承受，似已沒什麼感覺，不再需要緊咬牙關才能不致呼叫出聲。

天開始真正冷涼起來了，甚且在白天，從遠方海天交接處吹來的陣陣冷風轉為乾燥與猛烈，翻挾起海埔地地面上的黃沙，襲捲掃過，打在臉手上一片麻疼，那風也開始陰陰地慘寒起來。

林市的恍惚終於引來陳江水的怒氣，那是當林市有一回將一碗醬油煮的三層肉失手摔掉在地上。陳江水似再抑遏不住地揚起手一巴掌甩向林市。

「妳這款糟蹋東西，還敢說要飼鴨子攢錢吃飯。」

陳江水跳著腳吼叫，林市仍怔怔地站著，甚且沒有過往的驚懼。陳江水被激怒，那間隔一段時間未爆發的怒氣使陳江水將桌子一掀，狂暴地將桌上碗筷與一鍋稀飯掀倒在地，臨出門前還狠聲道：

「妳這麼行，以後自己去吃，我的米飼不起妳。」

往後陳江水果真開始將米、番薯籤等吃食鎖在碗櫃中，每餐才拿出少量要林市煮食，煮後陳江水不僅不讓林市吃，還要她在一旁服侍，故意呼喝：

「給我盛飯。」

林市眼巴巴添上一碗飯，卻被一把打翻在桌上。

「又不是餓鬼要食，盛這麼多，妳存心把我脹死。」陳江水惡聲說。

林市依依不捨地端下去，惋惜地挑掉一部分，看著還怕太多，才下決心似的再挖掉一撮，好不心疼。

飯再端上來，陳江水故意三、兩口津津有味地吃完，再惡意地引誘林市：

「妳不餓？要不要吃一口。」

林市盯看著晶白的米飯，一口口吞著口水。

「攢食查某要有飯吃，也得做事，妳要做麼？」

「做什麼？」林市遲疑地、怯怯地問。

「妳先像過去哀哀叫幾聲，我聽得有滿意，賞妳一碗飯吃。」

林市驚恐著後退幾步，看著白米飯困難地搖搖頭。

甚且用食物來威脅與引誘，林市始終不肯就範，陳江水只有以一次次更甚的凌虐來折磨她，可是無論如何，林市就是不肯出聲。而幾天過去，全然不得吃食的林市卻似乎沒什麼差異，仍是愣愣地整天在屋裡遊蕩，這個地方換坐到另個地方，灶邊蹲到房裡，然後，陳江水發現林市一直在偷吃。

總是警覺地眼看四周，陳江水確實在房裡，林市揚開鍋蓋看定一大塊滾湯裡的肉，或一球白飯，再回身查看一下，才拿起湯匙對準一把挖起，一口含入嘴內，太燙了忙吐出來以手接住，整個人也順勢蹲下身，另一隻手並作勢拿起一把柴，做個燒火姿態。待口中的東西已咀嚼得差不多，才慢慢站起身，身子高過灶臺，東西早已嚥下，不著痕跡的再掠眼四周，陳江水仍未出來。

雖然只能趁食物在灶上煮時偷吃，林市每餐仍可以取得數量不少尚未全熟的吃食，特別是陳江水對多少白米可以煮出多少米飯並沒有真正的概念。

可是林市的毫無飢色使陳江水起疑，略一留意，便逮到林市偷吃。憎惡著林市不曾求憐與哀懇賞一碗飯吃，反而目中無人地偷吃，陳江水真正被激怒，將林市毒打一頓後，再不在家中吃飯，他恢復林市未過門前的習慣，每餐到陳厝莊市集的麵攤吃食，並蓄意不帶任何食物回家。

最始初幾天，林市從屋內各個角落翻找東西來吃食，有一回從碗櫃最深處找出來好幾束麵線。那麵線已開始長灰綠色的銅錢大斑點，還有半寸來長的細毛，像傳說中鬼怪腐爛的臉面，林市將綠色斑點挑掉，在水裡幾次洗過，煮了仍悉數吃盡。

然後林市想到，那麵線是阿清為答謝救阿罔官，和著豬腳送過來燒金的麵線。一個久遠前的記憶，早已隱沒不復記得，這時卻伴隨著心中不祥的恐懼，悉數回轉。

是阿爸剛過世那年，被叔叔從家中趕出來，阿母連幫人洗衣服的機會都尋不著，只偶爾在鹿城的鎮上人家做些清洗、整理的零碎工作，日子絕大多數在飢餓中度過。

不管如何挨餓，阿母總一再叮囑，不能吃小巷道角落裡不知何人祭拜的食物。那通常是一碗米飯、一碟小菜，米飯上直直地插著三根線香。據阿母說，用這種方式拜拜的人通常被惡鬼纏身，要將惡運除去，只有四處陰暗角落裡做這種無主的祭拜。一般人是連看到這類祭拜都會被惡鬼纏身，因而如不小心走過這些地方，一定得趕快朝祭拜處吐一口口水。

然而飢餓抵得過任何心中的恐懼，終於有一天，林市拔下一碗米飯上三根已燃盡的線香腳，並吃了小碟上的一小塊肥豬肉。那米飯看來仍然晶白，但翻到裡層，已黏黏地膩結在一起。雖然吃前林市不忘朝地上連連吐十來次口水，回家後仍連連瀉吐發高燒，眼前盡出現青面紅臉的各式鬼怪，一隻隻全往嘴裡鑽。

據阿母說是差一點病死了，追究原因，林市始終不敢同阿母表白，怕一說出口，更多的長舌獠牙吊眼鬼怪會回來尋她。

吃了那祭拜吊死鬼的麵線，林市等待著會有與過往相同的報應，可是一整天過去，毫無特殊徵兆，然後林市開始害怕起來。她不能自止地總要想到，那無數細條麵線，每條都附有一個吊死鬼的紫紅色舌頭，存留在她的肚腹中，嚷嚷說話，並伺機要有行動。

恐懼中林市極力抵擋陳江水的需求，她害怕著陳江水壓在她身上，對她的舉動會騷亂肚腹內無數吊死鬼的長舌頭。在陳江水持續地不帶吃食回家後，林市亦不再順從陳江水，她夾緊兩腿，不讓他進入，在力氣不及不得不屈從後，仍找尋任何時機打咬踢壓在上面的男體，特別是陳江水擺動時，她每每有機會掙離。林市的反抗自是遭到陳江水回報更甚的毆打。

然而隨著屋內殘剩的食物與屋外一窪青菜吃盡，林市不僅不再有力氣反抗，還再度感到飢餓的侵襲。

那飢餓來得十分迅速，襲掩著趕來，幾乎只三、兩餐不吃，就已不可忍受。只感到肚腹空無一物，似乎從來就不曾吃過東西，而至整隻胃扁扁的貼住脊椎，站立著都乏力並強烈的作痛，嘴裡還不斷分泌出苦澀的陣陣黏液。

終於有個黃昏，看討海人紛紛回家，林市走出屋子，沿著陳厝莊一條石子路朝前走，沿門問詢是否需要幫手。

「好心的阿伯，我什麼事都願意做，只要有口飯吃。」林市喃喃地一再重複。

那時節已臨近舊曆十一月，討海的人家看眼林市，甚且不曾加以問詢，大抵都和善地回答：

「等下月烏魚來，如來許多，再來幫忙挑烏魚。這時間我們都抓不到魚，哪有能力請人，請人也沒工作。」

林市走過一家家土埆厝，冬天落日的餘暉淺而短，青黑色的土埆厝很快溶入暮色中成為一個個陰影。討海人珍貴電力，都尚未擰開昏黃的五燭光燈泡，四處俱是一片昏黑。只不遠處一幢突出於四周土埆厝的磚造三合院，合院裡已隱隱有了燈光。

林市走入合院來到正屋，有個男人坐在八仙桌前正打著算盤。

「好心的阿伯。」林市喃喃地重複。「我什麼都願意做，只要給我飯吃。」

那男人轉過臉來，看來還年輕，有一張方正的臉，仔細端詳林市一會，朝屋內大聲叫喊一個名字，才問：

「妳哪裡人，家在哪裡？會做什麼？」

林市正待回說，一個女人端著幾碗飯菜出來，看到林市，立即轉向男人，低聲說了有一會。

林市偶聽到一兩句「是殺豬仔陳的……」、「……上回要打阿清」、「阿罔官……不可睬」。男人聽著，不斷地點頭，隨後從女人手中接過飯菜，滿盛一碗飯走向林市，溫和地慢慢說：

「我們目前不欠人，這碗飯拿去吃，吃飽了回去。」

林市不曾伸手去接，慌忙中大聲地道：

「我會洗衣、會打掃……」

再看男人堅決的神色，林市突然伸手接過飯碗，轉身快跑出院子，到合院外蹲下身來，用手抓團米飯，狠命地往嘴裡塞。吃完後才發現不知該如何處理那只碗，林市不敢拿回合院去還，只有偷偷從門口塞進院子裡。站起身，有片時竟不知要到哪裡。

天夜是徹骨的冰冷，慘寒的風一陣陣嘶叫著撲打過來，一輪近十五的明月高高地掛在天上，青白的月光白慘慘地無處不在。林市漫無目標地朝前走，四周沒有人聲也不見人影，林市恍然地以為整個鹿城已消逝不見，只有自己獨自在這一片荒天闊地的淒寒中。

再往前走，才偶有幾家土墢厝裡仍有燈光，林市想到去叔叔家，立即憶起嫁出門那天，叔叔怕糾纏講明往後是不用回去了，林市茫茫地走著，時間久後敵不過酷寒與肚腹塞滿東西後濃烈的渴睡想望。林市幾許不自覺地朝回家的路上走去。

第二天，陳江水近午時分才回來，手上提著一大塊少有肥肉的後腿肉，還有一條大鰮仔魚。林市狂喜中忽略了陳江水沉暗的臉面，急急伸手去接，陳江水倒不急著把東西交給她，陰惻惻地說：

「我聽阿罔說，妳四處去問工要做，現在全陳厝莊的人都在笑我飼不起某。」林市這才驚怕起來，怕陳江水出手打她，本能地向後退跳了幾步。

「妳莫驚，我不會打妳。」陳江水陷在肉裡的眼睛閃閃發光。「妳行，妳要做工，我明天就帶妳到豬灶，豬灶正欠人來清洗內臟。」

林市止不住發出一聲叫喊，陳江水未曾理會，逕自進房裡去，林市全身萎頓，蹲下身來，所有過往聽來有關豬灶種種可怖傳言，悉數湧上心頭。嚴寒中林市用雙手緊緊抱住蹲伏的腳，身體蜷成一團，怔怔地直至近午時分，看日頭偏中，才慌忙起身要燒飯。

隆冬酷寒裡再有機會升灶火，畢竟十分溫暖，站在灶邊，不用以手觸摸，都能感到暖暖的熱意。熟悉的廚房工作讓林市心安，在灶火映照下林市臉面通紅地煮食一頓十分豐盛的午餐。

陳江水一直十分篤定，吃晚飯時一面喝酒，邊哼起他慣有的小調。他將一隻腳箕踞盤在椅子上，另一隻左腳只點在地上，抖呀抖地，不時還配合曲調拍打著，哼到相連處，也只有那幾句：

牽娘——的手——入繡廳
別人——言詞——不可聽

林市傍依在灶邊，冬日裡熄了火的灶暖意已很輕微，手放在灶臺上，原還有絲絲熱意，平緩、平均地慢慢透入手掌心，再一會，餘溫褪盡，那灶臺明顯地冷涼起來，竟似以手掌的熱度在煨著那口巨大的灶。

第二天天未亮，林市即被陳江水吵叫起來，由於許多時候不曾再如此早起，林市睡意曚曨中聽從陳江水穿戴好衣服，要出門才會意是要到豬灶，林市開始掙扎，一頓打罵後只有屈服。

林市跟在陳江水身後，一腳高一腳低地朝前走，黑暗中特別是穿梭在許多小巷道中，林市感到周遭竟異常陌生，全然不似她在此生活多年的鹿城。那片刻林市只有緊緊跟隨著陳江水，他畢竟是她認識的唯一親人，他還是她的夫婿。而天將亮前最為陰寒的風，一陣陣衝刺地迎面撲打來。

遠遠看到豬灶的燈光，閃在一大片沉黑的農田間，光明耀亮深讓林市心安，可是一走進，辛辣羶腥的氣味與豬仔直著喉口長音不斷的嘶吱吼叫，和著穿梭來去的人們，林市有一會無從看清任何事物。特別是不足的燈光下，所有的一切俱蒙上一層黃暈色彩，一口大鑊上滾開的水氣，形成白色的煙霧四處飄揚，晃動的人影映著地上一層漫濕淺水，所有的事物與聲音十分飄渺，彷如夢中出現的景致，極為不實在。

陳江水在帶領林市入內後即不見，林市愣愣站著，有片刻真相信自己是在陳江水引入的夢中，而她看到的，應該是阿罔官所形容的地獄。

然後林市看到陳江水不知從何處又進來，在黃昏的燈光下手上白晃晃的尖刀一刀插入豬仔的喉口，豬仔嘶軋的長聲尖叫混著大股湧出來的凝紅色鮮血，一再重複又重複。最後，當叫聲俱湮滅，血也已流盡，林市看到陳江水一刀畫下，神奇、乾淨不沾一絲血水地打開豬仔的肚膛，湧擠出大量灰白色尚蠕動的粗細腸子，還有混雜其中深顏色的內臟。由於與想像中全然不同地不帶一滴鮮血，林市更相信自己仍置身夢中。

可是陳江水卻抱著整整一懷抱的一堆內臟與腸子朝著她走來，什麼也不曾說地推向她，本能中林市伸出手去接，那堆腸肚觸著手臂，柔柔軟軟極為黏膩，而且仍十分溫熱。

柔軟的觸感和沉沉重量，還有溫熱知覺與撲鼻來的悶悶腥氣，林市恍然醒覺這一切都不是夢，在會意到真實的一剎，適才那大股噴湧出來的鮮血與嘶聲長叫，全以無比真實的意義湧聚回來，林市低下頭，看到懷中抱著似乎尚在蠕動的腸子有一長截已流落到手臂外，虛空地懸著。

林市慘叫一聲，來不及將懷裡抱的東西丟出去，便向後直挺挺地倒下去，眼睛向上吊，嘴裡不斷汩汩流出白色泡沫。

林市被放在載豬的兩輪車上送回家，可是近午時分，陳厝莊有人在井邊看到林市，頭髮凌亂眼睛赤紅，跪在地上不住地朝過往的行人匍拜，嘴裡喃喃地說：

「好心的人啊！好心好行，一文錢給我，我給阿母燒大厝。我阿母被強姦，跳古井死了，我肚裡的舌頭跟我說伊渾身濕透透，沒衣可換，沒東西吃，肚腹真餓。我要給我阿母燒幾件衫褲，辦一桌菜，讓伊有衫穿、不會餓。好心的人啊，好心好行，給我一文錢……」

林市唱歌似地見人即一遍遍重複。日午時分，討海人尚未回轉，陳厝莊大抵只有老年婦人在家，紛紛出來相勸，林市卻恍若聽不見，仍見人即一再匍拜數說央求。眾人觀望一陣，有人去找陳江水，不曾在家又不知何處去尋，也就紛紛散去。

有幾個莊外人路過，不認識林市，只當是個乞丐，看她可憐又有孝心，給了幾個銅錢。下午時分日頭已偏斜，林市手中握有一小把銅錢，才起身離去，留下幾個好奇地蹲著守候林市一下午的小孩。

陳江水從阿罔官口中聽聞到林市奇特的行徑，再趕回家中已是夜裡。為了要洗除晨間在豬灶的晦氣，陳江水同幾個幫工晚飯時多喝了幾杯，一踏進家門，陳江水看到昏黃的燈光照著一屋子煙霧迷濛，濃烈的線香味道衝鼻直來，氤氤氳氳中可見八仙桌上直直立著幾個紙糊的彩色紙人，那紙人個個有尺來高，扁薄的臉面上有大塊胭脂，穿著艷色的五彩紙衣，一旁還豎著幾套紙衫褲，紫色上衣配著綠色寬褲。紙衣褲旁還有幾碗菜飯，白米飯上可見落滿香灰。

十一月天裡乍見這些紙糊的五彩人樣，陳江水驚出一身冷汗，再看到跪在桌前兀自匍拜的林市，陳江水大步跳上前去，揪過頭髮來劈頭一陣拳打，一面狠聲罵：

「幹伊娘，我還沒死，妳就給我燒紙人，妳是存心咒我死，幹。」

林市不曾回答，甚且不曾哭泣，轉過身仍繼續彎身跪拜。

「妳不要假仙，說什麼要拜妳阿母，幹妳老母的××，幹妳娘，我看妳是要害我……」

「不要罵我阿母。」

林市從一起一落彎身上下匐拜中抬起臉，整頭亂髮糾纏在青白的臉上，眼睛閃閃發光但愣愣看著前方，極力凝住神，吃力地慢慢說：

「不要幹我阿母……」

「騙肖，幹妳老母的××，我幹妳老母，還要幹妳呢！」

酒意中陳江水得意地一再重複「我幹妳老母，還要幹妳」，一面拉過林市將她強扯到房內，動手就去脫林市衣褲，還揚起一直帶在身邊的豬刀，在林市眼前比畫：

「妳今天若不哀哀叫，我就一刀給妳好看。」

「不要，不要幹我阿母……」林市喃喃地說，往後退縮。

「妳叫不叫。」陳江水壓下身。「不叫我再帶妳到豬灶看好看的。」

林市不曾掙扎，出聲像小動物般細細地哀哭起來，乍聽恍若唧唧唉唉地叫著，陳江水十分滿意，有一會翻身下來，例常地很快沉沉睡去。那白晃晃的豬刀，仍留在手邊不遠處的床板上。

林市爬起身，蜷曲身子以雙手環抱住腳，愣愣地坐著看從小窗扇中照射進來的一長條青白月光，白慘慘的月光一點一寸緩緩在床板上移動。林市定定地凝視著那月光，像被引導般，當月光侵爬到觸及刀身時，閃掠過一道白亮亮反光。林市伸手拿起那把豬刀。

寬背薄口的豬刀竟異常沉重，林市以兩手握住，再一刀刺下。黑暗中恍然閃過林市眼前的是那軍服男子的臉，一道疤痕從眉眼處直畫到下顎，再一閃是一頭嚎叫掙扎的豬仔，喉口處斜插著一把豬刀，大股的濃紅鮮血不斷地由缺口處噴湧出，渾身痙攣地顫動著。

怎麼竟有這許多血，而且總噴不完。林市奇怪地想，於是依豬灶所見，將喉口側擺向一旁，但發現血並不流向一旁，仍大股地四散噴出來，噴得整個臉面都是溫熱鹹濕的濃血，還飛灑得四處都是。

而那股上揚噴灑的血逐漸在凝聚、轉換，有霎時看似一截血紅的柱子，直插入一片墨色的漆黑中。大概是做夢了，林市揉揉眼睛。而後，突然間，伴隨一陣陣猛烈的抽動，那柱子轉為焦黑倒落，紛紛又化為濃紅色的血四處飛灑。

一定是又做夢了，林市想。看豬灶殺豬並沒這麼多血，那麼，再開膛看看吧！仍然是血，黏黏膩膩，內臟也不似曾看到的那般乾淨完整、全然沒有一滴血水，反倒腸肚都泡在血裡，血色淋漓。

林市伸出手去掏那腸肚，溫熱的腸肚綿長無盡、糾結不清，林市掏著掏著，竟掏出一團團糾纏在一起的麵線，長長的麵線端頭綁著無數鮮紅的舌頭，嘰嘰喳喳吵叫著。林市揮起刀，一陣切斬，那舌頭才紛紛隱去。

一定是做夢了，林市想，再來應該輪到把頭割下來。林市一面揮刀切斬，一面心裡想，一定是做夢了，否則不會有這許多血。林市繼續揮刀切斬，到腳處，那靠身體的部分有大塊肉塊堆纍，而且豬腳一定還沒有熟，才會中心處一片赤紅，血水還猩紅猩紅地涎滲出來，多切幾下，即成一團沉甸甸血肉模糊的肉堆。不過，不用去管它，林市想，揮刀斬向別處。

最後看切斬成一塊塊差不多好了，林市坐下來，那白慘慘的月光已褪移向門口，很快就完了，然後就沒事了，林市想。這才發現肚腹內猛地傳來一陣強烈的飢餓，口中還不斷湧出大量酸水。

丟下豬刀，林市爬出房外來到灶邊，熟練地生起一把火，取來供桌上擺放的幾個紙人與紙棠褲，一一在火裡燒了，再端來幾碗祭拜的飯菜，就著熊熊的火光蹲在灶邊猛然吞吃，直吃到喉口擠脹滿東西，肚腹十分飽脹，林市靠著溫暖的灶腳，沉沉地、無夢地熟熟睡了過去。

10

持續有大半年，阿罔官成為鹿城的談話中心，先是陳厝莊的人、再來是辦案人員、接著是鹿城各鎮角的人物，齊湧向阿罔官住處，人們大抵這樣開頭：

「妳有看到殺人無？」

「那給我看到，我還容她殺人。殺豬仔陳救過我，有恩於我，算是我的恩情人咧。」

阿罔官以她嘰軋的喉音說。她依舊一絲不苟地綰個光溜溜的髮鳩，一身白色大裲衫也漿得挺白硬直。

接著人們大都會問詢：

「聽說妳有看到怎樣棄屍呢？」

「有囉，就是被我看到，天公有眼睛。」阿罔官仔細述說：「這個林市，自從嫁過來，跟人不相似，我就比較留意她。那幾天我看隔壁無人出入，就探頭過去看看，哎喲，一屋子，屋頂牆壁上都是血，都已經乾了。還看到林市那賤人，裝一大籐箱不知什麼東西，晚上三更半夜，溜出厝外到海尾那蘆葦叢要去丟，我偷偷跟過去，看到伊從籐箱倒出一塊又一塊屍身，有手有頭，還要回來裝第二回，我哪容她，趕快就報官囉。」

人們多半站著，想繼續聽下去，阿罔官於是從林市阿母說起，再一一談到林市種種，如果聽的對象是婦女，阿罔官會壓低聲音道：

「後來這陣子都不哀哀叫，不知是否殺豬仔陳對伊無辦法。嘻嘻，我還聽到殺豬仔陳罵伊討客兄呢！」

「敢真有客兄？」人們好奇地問。

「古人說，無奸不成殺。」阿罔官嚴正地說。「你看伊母女兩人，全犯在這項事情上，做查某人不可不慎啊！」

人們表示同意地跟著點點頭。

「不是我愛講自己好，先前就鬧一場吊鬼，還好我命大，殺豬仔陳福淺，這就去了。」

阿罔官說，接下來又附加道：

「真是天不照甲午，人不行天理。我就說林市是有福不知守，你想伊嫁給殺豬仔陳，上無公婆，下無姑叔，又免出海下田，天天不必做就有得吃，這款命要幾世人才修來，那知查某人不會守，還敗在這款事情上。」

阿罔官略一停頓，才鄙夷道：

「這款事，查某人忍忍也就過去，那有胡亂唉唉亂叫，鬧得四鄰皆知，害我們做查某的都不敢替伊辯解呢！真是。」

然而話有談完的時候，最後當人們紛紛要離去，阿罔官總會嘆口氣，歸結地說：

「實在是冤孽啊！做阿母的出了事故，她們這一家風水不好，現在女兒又為同樣事情殺人，命中註定，實在是冤孽啊！」

「是啊！真是冤孽啊！」人們也紛紛地說。

附錄

詹周氏殺夫

在臺灣每日翻開報紙，可以看到許多男女情殺或酗殺案。最近還有女子厭恨丈夫叫他去自殺，而丈夫不肯，於是妻子把他兩手向後綑綁起來，用很長的竹釘，釘他腦袋的。丈夫大聲求饒，驚動里鄰，可謂第一奇聞。上海租界百年，五方雜處，萬惡淵藪，但這種逆倫案子，還很少遇。敵偽時期有一個詹周氏殺夫案，也曾轟動一時。大凡殺夫案件，總是殺中有奸，奇的是：詹周氏這樁案子是確確實實沒有奸夫，她親口供認，怎樣地把她丈夫綁起來，怎樣地分為八塊，侃侃而談。結果判決死刑，但是她沒有死，在臨刑的前夕，日本人無條件投降，接著勝利大赦。這個斬夫八塊的詹周氏竟釋放出獄了。

詹周氏的丈夫是個殺豬屠，操業鄙；而名甚雅曰：「詹子安」，可惜他沒有潘安一般的貌，子建般的才，而生著一身肥肉，終日醺醺愛酒賭博。賭輸了酒醉回來，不是打老婆，就是翻檯子。他們住在新閘路醬園弄一家二房東的樓上。房東實在討厭這個酒醉屠夫。自住客堂，把門關斷，叫詹氏夫婦自在後門出入。但是樓上的嗥吼和哭泣常常震透樓板而使樓下的二房東眠睡不安。

詹周氏年紀三十多歲，是個瘦尩尩的婦人，平日對丈夫百依百順。二房東太太常常可憐她，說：「一個女人，服從丈夫到詹周氏，也就很少的了。」但是一頭馴羊受到了太多壓迫，牠也會回過頭來向你呦地咬一口。事情就這樣做出來了。

一天清晨，二房東太太在客堂間掃地，忽覺樓板縫裡有點點的血水滴下來，還當是詹子安帶了賣不完的豬頭回來了，便仰面喊道：「詹嫂子，你們樓上滴下來的是什麼呀。」

樓上詹周氏的聲音，應道：「是豬血，是豬血。讓我揩一陣就好了。」二房東太太心想，詹子安雖然打老婆，帶回來的豬肉，倒是鮮血直冒的，不由嘴饞，想上去光光眼界。便道：「詹嫂子，我上來看看好不好？」詹周氏很安靜地說：「好呀。現在子安剛出去，被窩都沒有整理，你等幾分鐘上來好了。」二房東太太忽然想到，詹子安才出去，豬都未殺過，怎會帶回鮮淋帶血的豬肉來。便要想上樓，客堂門後面也反鎖的，敲了一陣，詹周氏才下樓來開門。看見二房東太太便埋怨，「你這位太太，敲門怎是這麼急。把我心都跳出來了。」二房東太太說：「你又不做虧心事，怕什麼。」說著二人上了樓，只見地板抹得金漆一樣亮，被褥也整理了。

床帳後掛著詹子安一件外褂一頂帽子。詹周氏說：「你看，子安今早就走得這樣匆匆地。連外褂也沒穿去，帽子也沒有帶去。」二房東心裡惦記著鮮豬頭肉，便道：「你丈夫替你帶回來的豬頭肉呢。這世界，儲備券把我們壓得整年的透不過氣來，莫說吃豬肉，連豬八戒的面孔也忘了怎麼樣子的了。」詹周氏聽說問她要豬頭，不由臉上紅一陣，白一陣。二房東起疑道：「這又什麼沒見世面的。拿出來看看，我又不奪了你倆夫妻的吃。」猛見床邊有一個籐箱子，底下還有點血滲滲的，便道：「啊！在這裡了。」立起來要看，詹周氏已陡地變了臉色，一把拖住她。她可已把籐箱子打開，原來還沒有綑上，裡面血淋淋一個頭，哪裡是豬頭，竟是詹子安的血頭。

二房東太太忙中有智，立即奔到臨街窗口大叫；「詹周氏殺人吶！」低門淺戶，立刻闖進來許多人，警察也來了。發現詹子安整個肥身，已被他妻子用殺豬的鋒刃，解做八塊，一齊裝在籐箱裡，預備乘機運出。

詹周氏一點沒有懼色，隨屍到了警察局，她就承認，說：「丈夫是我殺的。」為什麼要殺他，她說：「他待我太兇，太殘暴了，我憎厭他，所以要殺他。」原來詹周氏還讀過書，說話很有理智。但是警局認為無奸不成殺，當時就把她吊起來，迫問刑供。社會輿論，報紙新聞也一齊指責這件事，該詹周氏後面一定藏有小白臉。刑警要她現場表演，她倒慌了。哭得非常慘厲，她說：「我和詹子安沒有別的仇恨，只是他每天酗酒，殺豬。兩隻眼睛紅絲拌滿的就像一隻豬。我每天陪他到屠場，我怕殺豬的死相。

他偏把我綁在一條板凳上，要我看他殺豬。我越怕，他越樂。久而久之，我不怕了。但酒醉回來，每夜打罵我。打罵完畢，睡在床上，就像一隻豬，我每次想把他殺了，和殺一隻豬一樣。可是沒有機會。昨天，他帶了一把屠刀回來，他口口聲聲地要殺。到天亮，他睡熟了，我忽然想起他殺了這許多牲口，我殺他也只算替豬報仇。我要試一試我歷年來見習的屠宰方法。我就用他肢解豬體的方法把他肢解了。地上血漬也是我沖乾淨的，我在殺豬場，常常幫他這樣洗刷血漬。」

這一陣招供，並不能夠滿足好事者聽新聞的欲望，地方法院開庭，旁聽湧至水洩不通，但她的招供還是照前一樣說不出一個奸夫來。看樣子，她不像是熬供。只能說她是神經有病，看她丈夫殺豬，得了一種幻想的恐怖病。但是謀殺親夫是社會道德問題，不能因為神經患病而加以恕宥。詹子安也可說是「擇業之不善」而得到的因果。詹周氏判決監候槍斃。在送進大牢的一天，把她綁在一部送貨卡車（時尚無十輪卡）上面，一個打小鑼的，八名刑警押著，從閘北一直遊到租界，又繞老北門、小西門、大南門，而到十六鋪。到虹口，送入提籃橋監獄寄監候決，所到之處，打起小鑼，叫她捱城門唱歌。和刁劉氏騎木驢一樣，還替她在卡車上面位置了一條木馬。跟著看熱鬧的真是人山人海，有的說：「可惜，她沒有刁劉氏那樣好看。」這確是敵偽時期的一樁荒唐奇聞。勝利的來臨，詹周氏竟逃出法網沒有抵命。

錄自陳定山著《春申舊聞》

且揚眉，看風起雲湧

——《聯合報》第八屆小說獎總評會議紀要

記錄：五彥明

難分難捨，產前陣痛

高陽是反對〈婦人殺夫〉得獎最強烈的，認為這小說有點日本小說味道（司馬中原先生立刻反對，抗議不是有日本味，而是有鹿港味），而他最大的反對理由是若選出這種題材的作品，恐怕在社會上壓不住（司馬中原又提出辯駁，認為這是永恆性的題材，完全沒有輕浮之感，寫床戲也是恰到好處，令人只會產生痛惜，社會上沒有人有理由抗議）。

高陽全力擁護的是〈不歸路〉。〈不歸路〉寫一個現代女性與一有婦之夫交往的情形，是屬於閨怨性的小說。高陽先生認為這篇寫出了在農業社會轉型到工業社會、舊有倫理道德動搖、新的道德又沒建立的現代，男女感情落在這夾縫當中不甘的情形。在技巧上，這篇小說完全用渲染的方式，一層一層地塗上去，像沒骨花卉，看上去沒什麼，渲染後慢慢味道就出來了。文字、氣氛、內容是統一的。

蔣勳也是替〈不歸路〉爭取選票的一位。他覺得這是近幾年難得見到的現實主義小說（因為白先勇曾表示，這類題材寫得很多，而且好幾位女作家都可以寫得這樣好）。它不是寫浪漫的愛情故事，而是寫充滿在轉型社會中一些不注意就看不到的小人物，那麼多的委屈和心酸，他們的悲劇是他們的習慣，根本不自主，作者把無可奈何寫到最淋漓盡致。

白先勇反對〈不歸路〉的另一個理由是，作者把男主角寫得太壞，在現實人生他可以理解有這樣的男人，但是在小說裡寫得一無是處而女主角還對他那麼癡心，他不懂。在這點上，他覺得小說的說服力差了一點。

關於這一點，又引起很大的爭議，高陽、林懷民、蔣勳都認為是可理解的，就是人在習慣中不自知，而且女主角是曾幾次想絕斷而沒成功。

尼洛排斥〈婦人殺夫〉，比較偏向〈不歸路〉，認為這小說越寫到後面越好。

經過好幾回合的爭辯，主席決定先正式投票一次，看是否能產生出第一名：

尼洛：第一名〈不歸路〉。

白先勇：第一名〈婦人殺夫〉。

司馬中原：第一名〈婦人殺夫〉。

林懷民：第一名〈飛天〉。

高陽：第一名〈不歸路〉。

蔣勳：第一名〈不歸路〉。

鄭樹森：第一名〈婦人殺夫〉。

統計票數後，〈婦人殺夫〉三票、〈不歸路〉三票、〈飛天〉一票。沒有超過半數，第一名難產。評審委員們艱難地表示，大家的心情都是既不願放棄〈婦人殺夫〉，也不願放棄〈不歸路〉。

林懷民於是透露他把票投給〈飛天〉的祕密，就是因為〈婦人殺夫〉與〈不歸路〉兩篇是完全不同的東西，在他是天秤的兩端，各有各的好處，選那一篇都不公平。

臨時決議，增設十萬大獎

這時，堅持〈婦人殺夫〉及〈不歸路〉的各三票，彼此不肯退讓，林懷民則堅持若只就兩篇投一票，他只好棄權，投票陷入了膠著狀態。

一番沉默，鄭樹森提議，坎城影展也是只有一名，但是在產生大爭議的時候，則另設一「評審團特別獎」；是不是這次中篇小說獎也可參照此一作法，除第一名外再設一名「特別推薦獎」，以免遺珠之憾。

高陽先生立刻附議，並提議由七位委員每人捐出一萬元獎金合成七萬元增設此「特別推薦獎」，更具特殊意義。其他委員們都興高采烈地馬上支持這一別開生面的提案。

列席的劉昌平社長及趙玉明總編輯婉謝了委員們贈獎金的美意，表示社方願意多提供十萬元獎金，增設「中篇小說特別推薦獎」。

這段爭執足足有兩小時之長。六時二分，總算能進行決定性的投票了。

尼洛：第一名〈不歸路〉。

白先勇：第一名〈婦人殺夫〉。

司馬中原：第一名〈婦人殺夫〉。

林懷民：第一名〈婦人殺夫〉。

高陽：第一名〈不歸路〉。

蔣勳：第一名〈不歸路〉。
鄭樹森：第一名〈婦人殺夫〉。
〈婦人殺夫〉四票，超過半數，取得第一名。〈不歸路〉三票，贈與「特別推薦獎」。
結局是皆大歡喜。委員們並建議〈婦人殺夫〉一文在聯副發表時，宜改名為〈殺夫〉。
六時三分，主席微笑地正式宣布了中篇小說徵文評選結果。
第一名〈殺夫〉——作者：李昂，獎金十五萬元，獎牌一座。
特別推薦獎〈不歸路〉——作者：廖輝英，獎金十萬元，獎牌一座。
一九八三年九月十七日　刊於《聯合報》

《殺夫》相關大事年表

年分	事件	內容
一九七三	開始寫「鹿城故事」與「人間世」系列小說	◆ 開始寫「鹿城故事」與「人間世」系列小說。
一九七七	取得奧勒岡州立大學戲劇碩士學位，在美國居住	◆ 取得奧勒岡州立大學戲劇碩士學位。 ◆ 畢業後，遷至紐約、洛杉磯等地居住。 ◆ 在白先勇的聖塔芭芭拉住處讀到陳定山《春申舊聞》，其中〈詹周氏殺夫〉的社會新聞引發構想，著手寫作〈殺夫〉，因對上海全無知悉，無法繼續，中止寫作。
一九七九	重新開始寫〈殺夫〉	◆ 美麗島事件後，只取簡單屠夫妻子殺夫事由，以鹿港為背景，開始寫作。

一九八三	出版《殺夫：鹿城故事》	◆〈殺夫〉獲聯合報一九八三年中篇小說獎首獎。此篇小說因大膽呈現性及暴力，對當時文壇造成衝擊，後更譯為數十種不同外語版本。 ◆臺灣聯經出版《殺夫：鹿城故事》。
一九八四	《殺夫》改編為電影	◆改編成同名電影，由曾壯祥導演，吳念真編劇。
一九八六	〔美國〕英文版	◆美國出版英文版 *The Butcher's Wife*，Howard Goldblatt、Ellen Yeung 合譯，North Point Press 出版。 ◆《紐約時報》刊載英文版書評。
一九八七	〔德國〕德文版	◆德國出版德文版 *Gattenmord*，Udo Hoffmann、Chang Hsien-chen 合譯，Eugen Diederichs Verlag 出版。 ◆《洛杉磯時報》、《舊金山記事報》、《科克斯書評》等皆刊出英文版書評。

年分	事件	內容
一九八九	〔英國〕英文版 中文版再版	◆ 英國出版英文版 *The Butcher's Wife*、Howard Goldblatt、Ellen Yeung 合譯，Peter Owen Books 出版。 ◆ 中文版《殺夫：鹿城故事》再版。 ◆ 入選金石堂十大暢銷女作家。 ◆《衛報》刊出書評。
一九九〇	〔德國〕德文平裝版 〔香港〕英文版	◆ 德國出版德文平裝版 *Gattenmord*、Udo Hoffmann、Chang Hsien-chen 合譯，Deutscher Taschenbuch Verlag 出版。 ◆ 香港出版英文版 *The Butcher's Wife*、Howard Goldblatt、Ellen Yeung 合譯，三聯書店 Joint Publishing 出版。
一九九一	〔英國〕英文版再版 〔韓國〕韓文版	◆ 英國再版英文版 *The Butcher's Wife*、Howard Goldblatt、Ellen Yeung合譯，Penguin Books出版。 ◆ 韓國出版韓文版《살부》，노혜숙（盧惠淑）譯，視線（시선）出版社出版。

一九九二	〔法國〕法文版 〔瑞典〕瑞典文版	◆法國出版法文版 *La femme du boucher*，Alain Peyrauble、Hua-Fang Vizcarra 合譯，Flammarion 出版。 ◆瑞典出版瑞典文版 *Slaktarens hustru*，Lennart Lundberg 譯，Bokförlaget Tranan 出版。
一九九三	〔日本〕日文版	◆日本出版日文版《夫殺し》，藤井省三譯，寶島社出版。
一九九四	〔法國〕法文版再版	◆法國再版法文版 *La femme du boucher*，Alain Peyrauble、Hua-Fang Vizcarra 合譯，Seuil 出版。
一九九五	英國出版《李昂小說集》 〔荷蘭〕荷蘭文版出版	◆英國出版英文版 *The Butcher's Wife and Other Stories*（李昂小說集），Howard Goldblatt 編輯及翻譯，Cheng & Tsui Company 出版。 ◆荷蘭出版荷蘭文版 *De vrouw van de slachter*，C.M.L. Kisling 譯，De Arbeiderspers 出版。
一九九八	《殺夫》改編為電視劇	◆改編成同名電視連續劇，在台視播出。

年分	事件	內容
二〇〇二	〔英國〕英文平裝版	◆ 英國出版英文平裝版 *The Butcher's Wife*，Howard Goldblatt、Ellen Yeung 合譯，Peter Owen Books 出版。
二〇〇四	獲頒法國藝術及文學勳章騎士勛位 〔法國〕法文更名版	◆ 法國文化部頒發法國藝術及文學勳章騎士勛位。 ◆ 法國出版法文更名版 *Tuer son mari*，Alain Peyrauble、Hua-Fang Vizcarra 合譯，Denoël 出版。
二〇〇五	〈西蓮〉改編為電影《月光下，我記得》	◆ 《殺夫：鹿城故事》中收錄之短篇小說〈西蓮〉改編為電影《月光下，我記得》，由林正盛負責編導。
二〇〇七	〔義大利〕義大利文版	◆ 義大利出版義大利文版 *La moglie del macellaio*，Anna Maria Paoluzzi 譯，Editrice Pisani 出版。
二〇一二	獲頒第三十五屆吳三連文學獎 〔西班牙〕西班牙文版	◆ 獲頒第三十五屆吳三連文學獎（小說類）。 ◆ 西班牙出版西班牙文版 *Matar al marido*，Bernardo Moreno Carrillo 譯，Plataforma Editorial 出版。

二〇一三	〔捷克〕捷克文版	◆ 美國出版 *Li Ang's Visionary Challenges to Gender, Sex, and Politics*，收錄討論李昂《殺夫》等作品的英文論著，吳燕娜主編，Lexington Books 出版。 ◆ 捷克出版捷克文版 Řeznīkova žena，Jana Benešová、Petr Šimon 合譯，IFP Publishing 出版。
二〇二一	〔西班牙〕加泰隆尼亞文版	◆ 西班牙出版加泰隆尼亞文版 *Matar el marit*，Mireia Vargas Urpí 譯，Editorial Males Herbes 出版。
二〇二三	〔波蘭〕波蘭文版 〔塞爾維亞〕塞爾維亞版	◆ 波蘭出版波蘭文版 *Żona rzeźnika*，Maria Jarosz 譯，PIW 出版。 ◆ 塞爾維亞出版塞爾維亞文版 *Žena jednog kasapina*，Ivana ElezovićBabić 譯，Partizanska Knjiga 出版。

作者的話

從我開始寫小說，我就排斥作為一個女作家，因為女作家對我的意義是只有感情、不會思考的劣等作家。我一直以為，好的作家應該是中性的作家，像凱瑟琳·安·波特、多麗絲·萊辛，能觸及人類深刻的問題，而不是風花雪月只會寫女性的感懷。

直到最近這一陣子，由於寫專欄，才使得我對女性自身的種種問題，更直接地思索與面對，而生平第一次，我告訴自己，我願意謙遜地從一個女性作家做起，理清一些因性別形成的問題及可能有的文化差異。

如此我選擇了一個探討女性受壓迫的主題，在傳統社會中，它毫無疑問地是血與淚的組合，我也無意來掩藏這個事實，這就是為什麼我寫了〈殺夫〉。

我願意誠實地說，在現階段的寫作中，我願意做好一個女作家，因為，女性的感情與感覺並非值得羞恥的次一等文化，重要的是透過此要傳達什麼。而我相信，經由此，通往偉大的創作方向仍是可能的。

一九八三年九月二十二日　〈殺夫〉連載首日
刊於《聯合報》

當代名家
殺夫（40週年典藏紀念版）

1983年11月初版　　定價：新臺幣450元
2024年4月二版

著者	李昂
插畫	卓霈欣
叢書主編	黃榮慶
校對	杜芳琪
內文排版	張靜怡
封面設計	鄭婷之

出版者	聯經出版事業股份有限公司
地址	新北市汐止區大同路一段369號1樓
叢書編輯電話	(02)86925588轉5394
台北聯經書房	台北市新生南路三段94號
電話	(02)23620308
郵政劃撥	帳戶第0100559-3號
郵撥電話	(02)23620308
印刷者	文聯彩色製版印刷有限公司
總經銷	聯合發行股份有限公司
發行所	新北市新店區寶橋路235巷6弄6號2樓
電話	(02)29178022

副總編輯	陳逸華
總編輯	涂豐恩
總經理	陳芝宇
社長	羅國俊
發行人	林載爵

行政院新聞局出版事業登記證局版臺業字第0130號

本書如有缺頁，破損，倒裝請寄回台北聯經書房更換。　ISBN 978-957-08-7090-9 (平裝)
聯經網址：www.linkingbooks.com.tw
電子信箱：linking@udngroup.com

本書部分圖片及各國版本封面由李昂及李昂文藏館提供檔案

國家圖書館出版品預行編目資料

殺夫（40週年典藏紀念版）/ 李昂著．卓霈欣插畫．二版．
新北市．聯經．2024年4月．296面＋8面彩色．14.8×21公分
（當代名家）
ISBN　978-957-08-7090-9（平裝）

863.57　　112013152